Tabea Hertzog
Wenn man den Himmel umdreht,
ist er ein Meer

Tabea Hertzog

WENN MAN DEN HIMMEL UMDREHT, IST ER EIN MEER

BERLIN VERLAG

Mehr über unsere Autoren und Bücher:
www.berlinverlag.de

MIX
Papier aus verantwor-
tungsvollen Quellen
FSC® C014496

ISBN 978-3-8270-1390-3
© Berlin Verlag in der Piper Verlag GmbH,
München / Berlin 2019
Satz: Kösel Media GmbH, Krugzell
Gesetzt aus der Adobe Garamond Pro
Druck und Bindung: GGP Media GmbH, Pößneck
Printed in Germany

1

Das, was am meisten zerrt in diesem Augenblick? Dass alle Pläne anders gefasst werden müssen. Dass Dinge, die ich jetzt machen wollte, nicht gemacht werden können. Ein Kurztrip in den Norden Frankreichs, aufs Land, eine Freundin besuchen. Das Stipendium in Teheran. *Iran? Da können Sie auf keinen Fall hin.* Es fühlt sich an wieStillstand.

Auf der Nephrologie-Station sagt Frau Bönsch: *Sie sind noch so jung.*
Am Donnerstag werde ich dreißig, sage ich.
Dreißig? Ich dachte, Sie sind Anfang zwanzig.
Wir sprechen nicht darüber, was wir haben, klar ist, hier hat jeder etwas an den Nieren. Die Schwester kommt und misst unseren Blutdruck. *Immer noch ein bisschen zu hoch*, sagt sie zu mir, als sie den Klettverschluss von meinem Arm löst, *160. Wie 'ne Zwanzigjährige*, sagt sie ein paar Minuten später zu Frau Bönsch, *125.*

Eine Schwester, die ich noch nicht kenne, kommt herein, schiebt mein Frühstückstablett auf den Tisch.

Auf dem Tablett liegt ein Zettel: *Georg Kühn – Rotkohl, Boulette in Pilzrahmsoße*. Zum Nachtisch ein *Dany Sahne Vanillepudding*. Ich starre auf den Zettel. Frau Bönsch versteht sofort meinen Blick.
Sie haben das Essen von jemandem, der wieder entlassen ist, sagt sie. *Ich habe auch schon des Öfteren nicht das bekommen, was ich angegeben habe. Entweder die sortieren zusammen, oder die vergessen.*

Ich würde dir gern meine Niere einpacken, aber das geht ja nicht, sagt meine Mutter am Morgen meines dreißigsten Geburtstags am Telefon.
Schon okay, sage ich, *bis nachher*, und lege auf.
Manchmal bin ich dankbar für ihren Humor, der uns gemeinsam ist und mit dem sie jetzt versucht, mich möglichst schnell mit dieser Situation vertraut zu machen.

Alles Gute wünsche ich dir, schreibt J. *Wenn du feierst, lad mich ein!!*
Gerade weil er nicht weiß, dass ich im Krankenhaus liege, finde ich seine Nachricht lustig. Vor vier oder fünf Jahren habe ich einen Kurs in seinem Fotolabor mitgemacht. Seitdem sind wir uns hin und wieder bei Einladungen von gemeinsamen Freunden begegnet.

Es klopft, und mein Vater kommt mit einem Käsekuchen herein. Daran baumelt einer dieser großen Jahrmarktluftballons, die an Kindheit erinnern. Darauf eine *30*.

Es ist das erste Mal, dass ich gebacken habe, sagt er.
Er verstaut die Kuchenform in einer Karstadt-Plastiktüte, hängt sie über die Lehne des Stuhls. Vor der Cafeteria treffen wir auf meine Oma.
Guten Tag, sagt sie.
Lange nicht gesehen, sagt er.
Hast dich kaum verändert, sagt sie, *vielleicht 'n bisschen mehr graue Haare, aber sonst …*
Beide wollen sie meinen Kaffee bezahlen. Am Tisch platziert meine Oma eine Tüte mit Kuchen.
Alles Dinkel, sagt sie.
O Gott …, kommt es von meinem Vater.
Bio, ergänzt sie.
Und ich habe den Quark von A & P gekauft, ich hoffe, er schmeckt trotzdem.
Ich nicke nur. *Vollkornprodukte sind jetzt eh nicht mehr gut*, sage ich.
Was du essen darfst und was nicht, musst du mir noch mal in Ruhe erklären, erwidert meine Oma.
Heute ist das egal.

Am Abend kommen meine engsten Freunde. Sie bringen selbst gebackenen Mohnkuchen mit, den habe ich mir gewünscht. Wieder in der Cafeteria, lade ich sie zum Tee ein.

Die Frau schaut mich an, als würde ich nicht dazugehören. Unter meinem Kleid sieht sie nur Junges und Schönes, sie ist geneigt, den Blick darüber hinwegschweifen zu lassen. Und dann schaut mich die blonde Ärztin mit dem grünen Kittel ein zweites Mal an, sagt zu der anderen mit der Mappe in der Hand: *Sie, die junge Frau mit der Nummer zwölf, ist die Nächste*, und meint mich. Ich nicke.

Es gibt Schlimmeres. Es gibt immer Schlimmeres, sagt ein Freund, *und du weißt, wie ich das meine.*
Was sagt man, was sagt man nicht?

Meine Schwester kommt einen Monat früher als geplant aus Asien zurück. Sie hat keine Wohnung, keine Krankenkasse, keinen Job.
Aber das ist nicht wichtig, sagt sie.

Frau Bönsch sagt: *Es tut mir ja leid, dass ich schon wieder auf den Topf muss, aber entweder Sie essen, oder Sie haben Besuch da.*
Ich sage: *Machen Sie sich keine Sorgen, ich klingle auch gern für Sie, wenn Sie an Ihren Knopf wieder nicht herankommen.*
Frau Bönsch stoppt gern mal die Zeit, wenn sie den Knopf drückt. Wir warten dann, bis die Tür aufgeht und entweder *der faule Jörg*, wie sie ihn nennt, hereinkommt oder Schwester Martha und Frau Bönsch direkt fragt: *Haben Sie mich gerufen?*
Ein, zwei Mal haben Frau Bönsch und ich wohl gleichzeitig geklingelt, und als die Schwester den Kopf zur Tür reinsteckte, hatte ich gar keine Möglichkeit, mich bemerkbar zu machen, weil Frau Bönsch schneller war und mein Bett hinter der Tür steht. Chance verpasst, habe ich da gedacht und eine weitere halbe Stunde gewartet, bis

ich mich wieder getraut habe, den roten Knopf zu drücken.

Gerade ziehe ich den Löffel aus der Serviette, da geht die Tür auf, und einer von den Gelben schiebt einen Rollstuhl herein.
Mit dem Frühstück müssen Sie noch warten, ich habe jetzt anderes mit Ihnen vor.
Ich lege den Löffel in die Serviette zurück, rolle sie wieder zusammen, weil es mir schwerfällt, loszulassen und einfach aufzustehen.
Man hat Ihnen nichts gesagt, ich seh schon, sagt der Mann, der kurz zu Frau Bönsch schaut, dann erneut zu mir, ich blicke schnell wieder auf die zerknitterte Serviette, trotzdem fühle ich, wie die Bönsch mein Gesicht fixiert. Sie schüttelt den Kopf.
Ich fahr Sie zur Lungenendoskopie in den dritten Stock. An sich geht das fix, ich hol Sie dann auch wieder ab, und in drei Stunden dürfen Sie Ihr Frühstück nachholen.

Wir stehen vor dem Fahrstuhl, die Metalltüren öffnen sich, und zwei Männer in blau-roten Anzügen steigen aus. Sie tragen irgendwelche Gerätschaften unter den Armen. Sie grüßen den Gelben, bleiben dicht gedrängt an der Wand stehen. Der Gelbe schiebt mich in den Fahrstuhl, die Türen schließen sich.
Kennen Sie die?, fragt er mich. Ich kann ihn nicht sehen, weil er hinter mir steht. In seiner Stimme spüre ich, dass er die beiden merkwürdig findet.

Wer sind die?, frage ich.
Das sind die Papierauswechsler.
Ich brauche einen Moment, um zu verstehen, dass er die Papierkästen in den Toilettenräumen meint.
Die sind verrückt, fährt er fort. *Steigen immer aus, wenn jemand anders zusteigt, haben Angst, zu viele zu sein.*
Verstehe, sage ich.
So, da sind wir, sagt er, *ich melde Sie an.*
Alles Gute, wünscht er mir, bevor er zum Fahrstuhl zurückläuft. Auf seinem Display liest er den nächsten Abholort ab, der nächste Patient.

Manchmal bin ich dankbar für den kurzen Moment der Vertrautheit, weil alles so eindeutig ist.

Der Arzt kommt mir sehr klein vor, obwohl er über mich gebeugt ist und dazu erhöht steht. Ich liege auf dem Rücken, die Arme an den Körper gepresst.
Ich fahr Sie mal noch ein Stück weiter runter, sagt er.
Es tut mir leid, dass wir Sie so überfallen haben. Eigentlich sollte die Aufklärung in Ruhe erfolgen, doch dann hätten wir Sie erst morgen untersuchen können, und das wäre ein verschenkter Tag gewesen.
Ich verstehe sofort, was für ein Arzt er ist. Einer, der die Dinge lieber schnell erledigt.
Deshalb machen wir das jetzt, und Sie müssten dann noch unterschreiben.
Okay, sage ich.
Sie wissen, weshalb Sie hier sind?, fährt er fort und knipst die Lampe über meinem Kopf an. *Wegen der*

schwarzen Flecken auf Ihrer Lunge, die schauen wir uns jetzt mal genauer an.

Unzweifelhaft bin ich die Jüngste auf der Station.

Seit wann hast du denn Kontakt zu deinem Vater?, fragt meine Mutter.
Seit einem Jahr, sage ich.

Der Arzt lädt meine Eltern ein, um über eine mögliche Nierenspende zu sprechen. Früher oder später müsse man sich darüber Gedanken machen. Er sagt: *Besser ist es, von Anfang an offen über alles zu sprechen. Später wird es meist viel schwieriger.*
Hallo, sagt mein Vater.
Und? Wie geht's?, fragt meine Mutter, eine Mischung aus Vorwurf und aufgesetzt guter Laune liegt in ihrer Stimme.
Mehr sagen sie nicht, nach zwanzig Jahren. Meine Mutter ist wieder zu spät, es gehört zu ihrem Auftritt.
Was hat der Arzt gesagt?, fragt sie später, als wir drei um den Zimmertisch sitzen.
Dass wir es uns emotional gut überlegen müssen, sagt mein Vater.
Das ist meine Tochter, natürlich sage ich Ja. Sie versucht, die Starke zu spielen, und schaut ihn dabei direkt an.
Ich sage: *Mama, natürlich ist das eine emotionale Sache.*
Kurz sind alle still.
Frau Bönsch sitzt die ganze Zeit aufrecht im Bett, ein

bisschen ist sie vielleicht wie meine Großmutter, die über uns wacht. Als meine Eltern gehen, schaue ich Frau Bönsch nicht an, es ist nicht notwendig, sie weiß, was ich weiß, und ich weiß, was sie weiß. Ich bin dankbar dafür, wie sie ist. Sie ist weder unsicher, noch fragt sie nach. Worte sind einfach nicht notwendig.

Frau Bönsch tut immer beschäftigt, bis sie merkt, dass man sich beobachtet fühlt, dann holt sie ihr rotes Notizheft heraus, geht die Kalendertage durch. Ich weiß nicht, ob sie sich Vergangenes anschaut oder Zukünftiges, wonach sie sich sehnt. Manchmal kritzelt sie auch etwas hinein.

Soll ich später Ihren Essenswunsch mit durchgeben?, frage ich und meine, wenn sie mit der Therapeutin zum Spaziergang draußen ist.
Gern, sagt Frau Bönsch, *wissen Sie denn schon, was Sie essen wollen?*
Ich dachte, Seelachsfilet.
Ja, Seelachs ist nicht schlecht.
Dazu Erbsen und Kartoffelpüree?
Das ist gut, sagt sie. Ich vermerke es.
Zum Nachtisch Apfelmus. Frühstück und Abendessen kann bleiben.
In Ordnung, sage ich.

Frau Bönschs Nichte ist da. Sie hat ihr diverse Joghurtsorten mitgebracht, die ganze Palette von Nuss bis Obst. Ich denke, Frau Bönsch sind die vielen Verpackungen unangenehm, sie lässt sie schnell in der

Schublade ihres Tischchens verschwinden. Die leere Palette schiebt sie auf die Platte zurück.
Kann man Blumentöpfe reinstellen, sagt sie und sieht die Nichte an.
Die sagt nichts, starrt bloß die ganze Zeit auf ihr Handy.
Später erzählt sie von der Schule, von einer Klassenarbeit in Mathe. Frau Bönsch sagt nicht viel dazu, schaut nur zur Nichte, zum Handy, wieder zur Nichte und zum Handy, dann zu mir, weiß gar nicht, wohin mit ihrem Blick.

Frau Bönsch bekommt Fieber, keiner weiß, woran es liegt. Sie spricht jetzt viel, wird ängstlich, und ich versuche, für sie da zu sein, ihr die Angst zu nehmen. Ich höre ihr zu, achte auf jede ihrer Bewegungen. Ich beginne nun auch öfter das Gespräch, was ich nicht getan habe, als es ihr gut ging. Sie schläft am Nachmittag, als der Reis mit Hühnerfleisch kommt. Sie schläft auch am Abend, als ich den Bildschirm des Fernsehers über ihr anschalte, die Kopfhörer aufsetze.

Das Fieber geht zurück. Und dann darf ich vor ihr das Krankenhaus verlassen. Ich kann es in ihrem Blick lesen: Jetzt dürfen Sie doch vor mir gehen! Keine von uns hat das erwartet.
Ich hole gleich den Rest meiner Sachen, sage ich zu ihr und greife nach den ersten beiden Taschen.
Wer wohl Ihre Nachfolgerin sein wird?, fragt sie besorgt, den Blick ins Leere gerichtet.

Sie kriegen das schon hin, erwidere ich und schiebe die Vase mit den Blumen näher auf ihre Seite des Fensterbretts. *Die lasse ich Ihnen da.*

Im Aufenthaltsraum warte ich auf meine Mutter. Da ich vier volle Taschen nicht alleine tragen kann, habe ich sie gebeten, mich abzuholen. Das Gepäck besteht größtenteils aus Geburtstagsgeschenken meiner Freunde. Vor allem Bücher haben sie mir mitgebracht. In eine Zimmerecke geschoben steht ein trostlos aussehender Gummibaum. Wie viele dieser Pflanzen in Behörden und Ämtern scheint auch er zur Raumausstattung zu gehören. Als pflegeleicht und anspruchslos verkauft, zeigen sich die Spuren der Vernachlässigung erst nach einer ganzen Weile. Wie aus einem Reflex ziehe ich den Topf vor das Fenster und drehe ihn um hundertachtzig Grad, sodass die Äste des schiefen Bäumchens in den Raum ragen. Es war das Erste, was meine Mutter mir über Pflanzen beibrachte: Sobald sie sich zu sehr dem Licht zuneigen, ist es wichtig, sie zu drehen. Als Kind habe ich mich nicht für Pflanzen interessiert. Ich kann die typischen mitteleuropäischen Bäume benennen, deren Namen jedes Kind in der Schule lernt. Darüber hinaus wird es schwierig. Meine Mutter hat uns oft mit in den Wald genommen. Mir fällt ihre Begeisterungsfähigkeit beim Entdecken einer Pflanze oder Blüte ein, das Wissen darüber, das sie mit uns teilen wollte. Wir interessierten uns wenig für ihren Blick auf die Dinge. Jetzt erscheint mir diese Begeisterung wie eine verpasste Chance.

Ich habe dich überall gesucht, sagt sie und steht plötzlich im Türrahmen. Ihr hellbraunes langes Haar trägt sie zum Zopf geflochten.
Du bist sehr spät, antworte ich.
Dass ihr schon schlecht vor Hunger sei und ihr Lebensgefährte außerdem keinen Parkplatz gefunden habe, kommt es sofort von ihr zurück. Ich schweige und reiche ihr zwei Taschen entgegen. Wir müssten uns beeilen, sagt sie, das Auto stehe in der Feuerwehreinfahrt.
Der Lack des schwarzen SUV glänzt schon von Weitem in der Sonne, als wäre das Fahrzeug gerade in der Waschanlage gewesen. Die Windschutzscheibe reflektiert so stark, dass ich das Gesicht dahinter nicht erkenne, trotzdem hebe ich einen Arm und winke, denn wer sonst als ihr Lebensgefährte sollte am Steuer sitzen. Der Motor startet, und der Jeep rollt uns langsam entgegen. Meine Mutter beginnt in scharfem Ton Worte zu sprechen, die für mich unverständlich bleiben. Manchmal denke ich, man soll sie gar nicht verstehen. Sie hastet zum Auto. Abrupt bleibt das Fahrzeug stehen, das Motorengeräusch bricht ab. Meine Mutter hat eine Gabe, sich in den Mittelpunkt zu drängen, auch vor einem Auto schreckt sie nicht zurück. Sie reißt die Beifahrertür auf: Warum er denn so schnell machen müsse, fragt sie in genervtem Tonfall ins Auto hinein. Noch immer kann ich niemanden sehen. Dann höre ich die vertraute Stimme. Er habe uns lediglich entgegenkommen wollen. Als müsste er sich für seinen gut gemeinten Versuch entschuldigen. Ich stelle mich neben

meine Mutter und hebe die Hand zum Gruß, dabei bücke ich mich ein wenig, damit wir uns in die Augen sehen können.
Hallo, sagt er ruhig und aufmerksam, als er mich sehen kann.
Ich sterbe vor Hunger, sagt meine Mutter, um sich die Aufmerksamkeit zurückzuholen. Ich lege die Taschen auf die Rückbank und setze mich daneben. Wie ich mich fühle, fragt er, als das Auto an einer roten Ampel steht. Bevor ich eine Antwort geben kann, kommt meine Mutter mir zuvor. Wie es jetzt eigentlich weitergehe, fragt sie und lässt die Fensterscheibe nach unten fahren. Bei etwa der Hälfte lässt sie den Knopf los. *Ganz übel ist mir*, sagt sie.
Nächsten Montag muss ich das erste Mal in die Ambulanz der Nephrologie, sage ich. *Da werde ich nun regelmäßig zur Kontrolle sein. Wie es wirklich weitergeht, weiß ich auch noch nicht.*
Es werde schon alles gut werden, sagt meine Mutter. Ich frage mich, was *alles* heißt, vor allem aber was *gut*.

Rufst du an?, fragt sie und ergänzt in ernstem und doch liebevollem Tonfall: *Hörst du?*, als wäre ich wieder Kind und sie kämpfe um meine Aufmerksamkeit. Sie blinzelt, im einfallenden Licht des Hausflurs scheinen ihre grünen Augen wässrig.
Mach ich.
Aber tu es wirklich!
Dann zieht meine Mutter die Wohnungstür hinter sich zu und eilt die Stufen nach unten. Im Hof ver-

hallt das Geräusch ihrer Schritte. Ich bleibe im dunklen Flur stehen, bis die Tür des Vorderhauses ins Schloss gefallen ist. Jetzt erst kommt mir der Gedanke, dass sie zum ersten Mal in meiner Wohnung war. Eingeladen hatte ich sie immer mal wieder, bis ich es aufgab. *Ich finde das allein doch nicht*, hatte sie immer gesagt, *komm lieber raus nach Köpenick, dann bestellen wir uns was zu essen und sitzen im Garten.*
In der Küche fällt mein Blick auf die Taschen. Von außen betrachtet, könnte alles darin sein. Ich könnte mir eben die Schuhe angezogen haben, und auf der Straße stünde ein Taxi, das mich zum Flughafen brächte, von wo mein Flug nach irgendwo ginge.

Oft sitze ich jetzt einfach nur in meiner Küche. Der Frühling ist da und die Vögel und das Licht und die hellgrünen Knospen. Manchmal komme ich mir so lächerlich vor. Jeder Augenblick erscheint lächerlich. Als wäre der Sinn verloren gegangen.

Ich halte mich an die Wegbeschreibung zur Nephrologischen Ambulanz aus dem Brief, den mir eine der Schwestern bei der Entlassung mitgegeben hat. In der Haupthalle nehme ich einen der zentralen Fahrstühle ins Kellergeschoss. Unten ähnelt alles einem Parkhaus, ich folge den roten Pfeilen, die sich wie Fahrbahnmarkierungen auf dem Boden entlang der rauen Betonwände ziehen. Hallende Geräusche, deren Ursprung ich nicht ausmachen kann, werden lauter. Der Weg unter den perforierten Aluminiumblechdecken öffnet sich zu einer Gabelung und führt in drei Richtungen weiter. Von links rattert ein Rollwagen mit Bettlaken auf mich zu. An den seitlichen Gitterstreben erkenne ich die kräftigen Hände eines Mannes. Hin und wieder lugt ein gut durchblutetes Gesicht dahinter hervor, um mögliche Hindernisse auszumachen. Noch ist ausreichend Abstand zwischen uns, also quere ich die Kreuzung auf einem Zebrastreifen.

Luc, brüllt jemand von der anderen Seite, ein Mann in blauer Arbeitshose, *mach mal hinne, ich will pünktlich zum Mittag!* Der Mann sieht mich an und grinst. Der Ton hier unten scheint rauer zu sein, vom Krankenhausalltag bekommt man außerhalb der Kantinen- und Zigarettenpausen nichts mit.

Zur Kinderstation weiter geradeaus steht neben dem Schild für die *Milchküche*. Ein junges Paar nähert sich. Er hat einen Arm um ihre Schultern gelegt, mit dem anderen fasst er sie am Unterarm, als wolle er sie heben und zugleich stützen, bei etwas, das mehr als körperlich ist. Der Mann nickt mir zu, ihr Blick geht gen Boden. Ich bin mir sicher, auch in mir sehen sie eine junge Mutter auf dem Weg zu ihrem Kind. Das ist einfacher als die Wahrheit und mir im Grunde recht.

Hinter der nächsten Ecke liegt der Aufzug. Im Fahrstuhl gibt es keinen Spiegel, also nutze ich die Smartphone-Kamera, ziehe die Lippen auseinander, um meine Zähne zu kontrollieren. Ich ordne mein Haar mit ein paar schnellen Griffen, atme tief ein, dann der Signalton, der Aufzug hat das Ziel erreicht.

Warum hast du denn nichts gesagt?, fragt meine Mutter am Telefon. *Ich wär doch mitgekommen.*
Du fährst doch nirgendwo alleine hin, sage ich und ärgere mich, dass ich ans Telefon gegangen bin. *Und dein Freund ist doch im Urlaub.*
Ich hätte schon jemanden gefunden.
Es ist weniger Arbeit für mich, wenn ich die Dinge alleine mache, sage ich. *Ich muss jetzt Schluss machen.*

Jemand ruft meinen Namen. Entlang der geschlossenen Türen eile ich über das spiegelnde Linoleum, bis ich eine offene Zimmertür finde, dort steht der Arzt und wartet. Er weist mir den Stuhl gegenüber dem Schreibtisch zu: *Bitte setzen Sie sich.* Seine Bewegungen sind zügig, was mir sympathisch ist. Die Arme auf die Oberfläche gelegt, rollt er mit dem Stuhl näher an die Tischkante heran. Seine Hände suchen Bleistift und Block, dabei rutschen ihm die Kittelärmel nach oben, Handknöchel und filigrane, leicht gebräunte Unterarme sind zu sehen.
Seine flüssigen Gesten beruhigen mich.
Schaut man Sie an, glaubt man gar nicht, dass es Ihnen so schlecht geht, sagt er. Hinter der Brille blicken mich hellblaue klare Augen aufmerksam an.
Danke für das Kompliment, weiß ich nur zu erwidern. Eine Weile schweigt er, sieht mich an. Ich ziehe die Mundwinkel zu einem leichten Lächeln nach oben, weil das einfach ist.
Sie sind jung, Sie haben Kraft, und bis auf die Niere sind Sie auch gesund, sagt er dann. *Transplantation oder Dialyse lassen sich mit Medikamenten hinaus-*

schieben. Wir müssen versuchen, ihren Kreatininwert so niedrig wie möglich zu halten.
Ich weiß, dass der Nierenwert eines gesunden Menschen zwischen 0 und 1 liegt und dass meiner auf 5,6 angestiegen ist. Auch wenn ich noch gar nicht sagen kann, was das bedeutet, verspüre ich eine Erleichterung durch seine Worte. Einen Moment lang möchte ich alle Verantwortung in seine Hände legen, nur damit alles genau so kommt, wie er es sagt. Damit alles *gut* wird. Und da kann ich genau sagen, was *gut* für mich bedeutet. Nämlich dass alles so bleibt, wie es ist. Dass es keine Veränderung gibt. Nichts schlimmer wird.
Was denken Sie?, fragt er schließlich.
Ich frage mich, welches Verhalten in meiner Situation angemessen ist, sage ich. *Ich kenne niemanden, der so etwas schon erlebt hat.* Ich weiß, dass das Leben nicht so funktioniert, aber in diesem Moment wünsche ich mir Orientierung.
Der Arzt lächelt sanft. *Manchmal ist es besser, dass alles neu ist, als umgekehrt,* sagt er. *Manche Erfahrungen noch nicht gemacht zu haben bedeutet auch, dass der Umgang damit noch nicht von Gefühlen vorbelastet ist.*
Ich nicke.
Solange Sie sich gut fühlen, können Sie sich auch vertrauen. Wenn Sie Veränderungen bemerken, ist es wichtig, dass Sie sie mitteilen.
Ich versuche, mir seine Worte einzuprägen. Plötzlich beunruhigt mich die Vorstellung, ich könnte nicht auf alle Fragen meiner Freunde eine Antwort haben.

In sechs Wochen kontrollieren wir Ihre Blut- und Urinwerte.

Kontrolle erzeugt Sicherheit. Auch wenn ich keinen Einfluss habe auf das, was passiert. Es geht mir doch gut.
Wieder im Untergeschoss, fühlt der gleiche Weg sich anders an. Als hätte ich etwas geschafft, schreite ich mit weiten, schnellen Schritten vorwärts, ohne diesem Ort entfliehen zu wollen, mehr als hätte ich ein Stück der Anspannung verloren. Das *Nicht-wissen-was-kommt* ist ein wenig aus meinem Blickfeld gerückt.

2

Die Hauptstraße haben wir hinter uns gelassen, beide Seiten der Fahrbahn säumt dichter Wald. Auf dem Asphalt wird der Tritt in die Pedale leichter, es geht bergab. Ich fahre Schlenker über die ganze Breite der Straße, die warmen Tage sind noch fern und mit ihnen alle Autos. Ich drehe mich zu J. um, zum allerersten Mal. Er sitzt ganz gerade auf dem Rad, sein Blick ist nach vorn gerichtet, unbestimmt. Den Weg kenne ich genau. Er holt mich ein.
Wir sind fast da!, rufe ich.
Er erhöht das Tempo, überholt. Mit Leichtigkeit ziehe ich auf meinem Rennrad wieder an ihm vorbei. Er hampelt mit übertriebenen Gesten herum, ich lache. Als der Abstand größer ist, stelle ich die Füße auf die Querstange, spüre die fremde Kraft. Ich sehe meine Mutter am Steuer des goldenen VW-Käfers, das offene Verdeck, wir Kinder auf der Rückbank mit Windhaaren und Herz-Sonnenbrillen, jedes Wochenende in den Sommermonaten. Alles ist wieder da, die Bienen, das Grillenzirpen.
Wir wechseln auf einen Pfad zwischen Bäumen. Als der Sand uns bremst, schieben wir bis an den See.

Das ist der Teufelssee, sage ich beinah stolz.
J. geht weiter, weil er mich und all meine Bilder noch nicht kennt. Am Abhang steht der weiße Lieferwagen, die Eisfahne hängt heraus, niemand steht an. Es ist später Nachmittag. Die Sonnenanbeter auf der Wiese kann ich an einer Hand abzählen.
Einen Kaffee und zweimal Schoko im Becher, sagt J.
Und die Dame?, fragt der Mann mit der Cap.
Für die Dame, was sie möchte. Ich lade sie ein.
Himbeere und Kokos, sage ich.

Wir sitzen im weichen Gras der Anhöhe, von hier oben kann man auch die versteckten Badestellen hinter dem Schilf sehen.
J. erzählt von dem Fotolabor, in dem er jeden Tag arbeitet, von den Jugendlichen, mit denen er Workshops macht. Von den 13 000 Dollar, die er sich im letzten Jahr in Colorado in vier Monaten bei der Grasernte verdient hat, und dass er es dieses Jahr genauso machen will. Es sprudelt aus ihm heraus, als würden wir uns ewig kennen.
Weiß gar nicht, warum ich dir das alles erzähle, sagt er.
Ich lausche seinen Worten aufmerksam, es ist befreiend, nicht von mir zu erzählen. Ganz unmittelbar fühlt es sich an. Als die Wolke vor der Sonne verschwunden ist, schiebe ich die Pulloverärmel nach oben.
Er erzählt von Offenbach, den Wohnblöcken, von seiner Mutter, zu der er keinen Kontakt mehr hat, von seinem Vater, der trinkt, und seinem Yorkshireterrier. Er raucht eine Zigarette, und dabei holt er

ein Weckglas mit Spaghetti und Tomatensoße aus seinem Rucksack.
Hast du Hunger?, fragt er. *Ich habe mein Mittag nicht gegessen.*
Ich schüttle den Kopf, nicke sofort, als er fragt, ob er weitersprechen soll. Er erzählt von erfundenen Geschichten von einem schöneren Heimatort und schöneren Berufen der Eltern, mit denen er seine Freunde lange getäuscht hat. Er spricht von seiner Krebszeit und dem Jahr danach, als er die Freunde zu sich einlud, um ihnen etwas mitzuteilen. Die ganze Wahrheit über seine Eltern, Offenbach und die Geschichten. Und wie viel Überwindung es ihn kostete und dass die Angst vor den Reaktionen der Freunde völlig unbegründet war. Wenn es nur das sei, dann sei er erleichtert, habe sein bester Freund gesagt. Sie hätten geglaubt, sie wären zusammengerufen worden, weil der Krebs zurückgekommen sei.
Woher man kommt, lässt sich nicht wegdenken, sagt J.
Ich stimme ihm zu, vieles ist ganz tief verwurzelt. Ich erzähle, dass ich seit vielen Jahren Vegetarierin bin, doch sobald ich an Imbissen den Geruch von Brathähnchen rieche, bekomme ich Appetit. Er weckt das vertraute Gefühl der Abende, als meine Mutter für jeden von uns ein halbes Hähnchen mitbrachte.
Er lacht.
Ich weiß sogar noch, wie das Einwickelpapier aussah, sage ich. *Doch sobald der Geruch der Bude verschwindet, ist auch das Bedürfnis wieder weg.*
Zum ersten Mal entsteht eine Pause und die Frage,

ob ich schnell einfach irgendetwas sagen soll, weil wir das Schweigen des anderen noch nicht zu deuten wissen. Ich mustere ihn von der Seite. Er blickt zufrieden auf den See hinaus, was ich als Einvernehmen deute, ich bin erleichtert.
Eine Weile lassen wir die Stille zu, dann fragt er: *Warum warst du im Krankenhaus?*
Plötzlich bin ich dran.
Ich werde eine Niere brauchen, sage ich geradeheraus. Ich erzähle ihm von meinem Krankenhausaufenthalt, meinen Reisen, dem Psychologie-Fernstudium, von meinem Vater und meiner Mutter, die seiner Mutter vielleicht ähnlich sei und doch ganz anders.
In diesem See habe ich schwimmen gelernt, sage ich dann. Meine Schwester und ich haben es uns selbst beigebracht. Wie genau, weiß ich nicht mehr.
Nah am Ufer, etwas versteckt unter einer Weide, hat ein Mann sein Rad an den Baum gelehnt. Er zieht sich mit schnellen Bewegungen aus, legt die Kleidung über den Lenker und macht sich auf ins Wasser. Die Anspannung seiner Arme und Schultern zeigt, wie kalt es noch ist.
Willst du auch ins Wasser?, fragt J. *Wenn nicht, sollten wir bald gehen. Lange kann ich hier nicht mehr sitzen.*
Mir ist jetzt schon kalt, sage ich.
Er greift nach meinen Fingern.
Die sind ja eisig.
Die sind immer kalt.
Dann also das nächste Mal, sagt er.
Als wir an den Rädern stehen, spüre ich meine tauben Finger und Zehen. Symptome, die ich kenne.

Ich reibe die Handflächen aneinander und puste in die hohle Faust.

Plötzlich ist Zeit so irrelevant und gleichzeitig so bedeutend geworden.

Auch wenn noch länger alles gut gehen sollte, kann ich wohl nicht ausblenden, was kommen wird. Wenn nicht jetzt sofort, dann spätestens in einem oder zwei oder drei Jahren werde ich eine neue Niere brauchen.

Ich bin bei meinem Hausarzt, ihn nimmt mein Schicksal ziemlich mit. Also erzählt er mir aus seinem Leben, und das wiederum macht mich total fertig. Er erzählt mir, wie er seine Frau kennengelernt hat. Im Krankenhaus. Er war ihr behandelnder Arzt. Morbus Hodgkin.
Unsere ersten gemeinsamen Ferien waren unsere Flitterwochen, sagt er.
Er macht die Rezepte für meine Tabletten fertig.
Wer kommt alles infrage?, will er dann von mir wissen.
Ihre Schwester?
Das wäre perfekt, mein Zwilling. Aber sie darf nicht. Sie hatte das Gleiche wie Ihre Frau.
Und wie steht es um Ihre Eltern, sind die fit?
Na ja, von außen betrachtet zumindest schon.
Kluge Antwort, sagt er.
Als sich die kleinen Papierbögen aus dem Drucker schieben, zieht er aus einem Stapel Unterlagen eine Visitenkarte hervor.

Sie können mich jederzeit auf dem Handy anrufen, sagt er. *Schicken Sie mir eine SMS, wenn Sie Donnerstag im Krankenhaus waren? Wie es Ihnen geht.*
Wird gemacht, sage ich.
Ihnen kann jederzeit etwas passieren, das wissen Sie, sagt er, als ich schon an der Tür stehe. *Ich würde sagen, den Ärztebrief sollten Sie von jetzt an immer bei sich tragen.*
Ich nicke. Als ich die Tür schließe, fühlt es sich an, als wären wir so etwas wie beste Freunde, obwohl das absurd ist. Eine Verbundenheit durch Fürsorglichkeit. Und ich spüre: Verdammt, dieses Jahr wird wirklich emotional werden.

Ich versuche, täglich eine Stunde spazieren zu gehen. Das habe ich noch nie gemacht. Alles, was die Menschen sehen, erfahren und hören, ist in ihren Gesichtern gespiegelt. Diese Erkenntnis treibt mich an. Jeder steckt in seinem eigenen Prozess. Nachmittags schlafe ich oft zwei Stunden, ich wehre mich nicht länger gegen die Müdigkeit.

Auf den Straßen sammelt sich das Wasser in Lachen. Mit Schirmen und über die Köpfe gezogenen Jacken eilen die Menschen vorbei – ihre Blicke auf den Asphalt gerichtet, versuchen sie, den Pfützen auszuweichen. Wenn jemand ihren Weg kreuzt, bleiben sie überfordert stehen. Ich habe eine kurze Hose angezogen, damit der Regen mich erfrischt. Ich spüre Gänsehaut, jedoch kein Zittern. Die Mütze hält meinen Kopf warm. Ich habe keine Eile, denn ich bin für den Regen rausgekommen. Ich spüre keinen Hunger. Wie schön es ist, sich eine Beschäftigung zu suchen, ganz ohne Drang.

Ihr Kreatininwert ist noch einmal angestiegen. Er liegt jetzt bei 8,5. Fühlen Sie das?, fragt der Arzt.
Ich hätte es wissen müssen, schießt es mir sofort durch den Kopf. Die Art seines Blicks. Dass er nach mir das Zimmer betreten hat und dass er sich erst hinter seinen Schreibtisch gesetzt hat, nachdem ich meinen Platz eingenommen habe.
Nein, eigentlich nicht, sage ich. *Die Füße sind manchmal wieder geschwollen. Aber daran habe ich mich gewöhnt.*
Ich fühle mich gut, denke ich. Unsicher schaue ich ihn an. Als hätte er eine einfache Erklärung für diesen Anstieg, die es weniger schlimm machen würde, warte ich auf Antwort. Der Arzt weicht meinem Blick nicht aus. Dann kann ich seinen nicht mehr halten, weil ich weiß, mir würden die Tränen kommen. Meine Hände klammern sich unter den Oberschenkeln an die Stuhlfläche. Ich halte den Atem an und versuche dann, gleichmäßiger Luft zu holen. Vorsichtig lächle ich, als wollte ich sagen: Das ist okay, ich kann damit umgehen.
Vielleicht ist es eine Ausnahme, erklärt er. *Warten wir mal die nächsten Wochen ab. Sollte der Wert aber weiter steigen, müssen wir uns was überlegen.*
Ich nicke, ein bisschen erleichtert.
Wie ist es nun mit Ihren Eltern?, fragt er dann.
Ich weiß sofort, er meint: Transplantation.

Wenn Sie möchten, kann ich auch noch einmal mit ihnen reden. Ich kann ihnen alle Fragen beantworten, es ist für mich leichter als für Sie.
Nein, nein, ich frage sie, erwidere ich, *danke.*

Müdigkeit den halben Tag.

Nachts auf die Toilette, ohne Licht zu machen. Die Tür schließen und einfach weinen.

Zum sechsten Mal die Wärmflasche füllen.

3

SMS von Sina, einer Arbeitskollegin:
Hi. Ich weiß gar nicht genau, womit du gerade so beschäftigt bist. Aber ich erinnere mich, du sagtest einmal, ich könne dich fragen, wenn ich mal nicht auf die Katzen meiner guten Freundin Lindsey aufpassen kann. Jetzt ist es so weit! Lindsey ist in Bolivien, und ich fahre am Freitag nach Hause. Die Wohnung ist ja nicht weit von dir. Hast du Lust?? :)

SMS von J.:
Was machst du heute Abend? Soll ich dich von der Arbeit abholen?

Den Lenker in der einen Hand, drücke ich mit der anderen die schwere rote Tür auf und schiebe mein Rad durch die Einfahrt in den Hof. Unter Holzdächern befinden sich Fahrradständer und Mülltonnenplätze. Dahinter schließt sich ein kleiner Garten an, ein akkurat angelegtes Rechteck. Das Grün der Wiese leuchtet intensiv und ist frisch gemäht, sodass ich tief einatme. Ich schließe das Fahrrad an, folge dem Kiesweg um den Rosenstrauch, dessen pfirsich-

farbene Knospen an der Hausfassade hochwachsen. Als Lindsey A. fühle ich mich sofort wohl.
Die Stufen des Treppenhauses sind von stabilem Kork überzogen, der alle Geräusche dämpft. Im Halbstock ist ein Aufzug, und ich suche am Bund nach dem passenden Schlüssel. Es dauert eine Weile, bis ich den Entriegelungsmechanismus des Fahrstuhls verstehe. Hält man den Schlüssel in der Drehung fest, bekommt der Aufzugkorb ein Bewegungssignal.
Als ich im vierten Stock die Wohnungstür öffne, springen mir die Katzen entgegen. Ich schiebe mich durch den Spalt, sodass sie nicht ins Treppenhaus entkommen. Die eine schwarz, die andere weiß gefleckt, beschnuppern sie neugierig den Saum meiner Jeans. Ich schlüpfe aus den Turnschuhen. Unter den Fersen pikt es. In der Helligkeit des Wohnzimmers lese ich kleine Körnchen von meinen Sohlen. Katzenstreu, die ich wieder auf den Boden schnippe. Die gesamte linke Zimmerseite nimmt eine offene Schrankwand ein. Darin ein integriertes Schuhregal. Die silbern lackierten fünf Etagen sind komplett mit Schuhpaaren gefüllt, kein einziger Platz ist leer. Unentschlossen, welches ich anprobieren soll, ziehe ich dasjenige Paar aus dem Regal, das meinem Stil am wenigsten entspricht. Hochhackige Pumps in Schlangenleder-Lackoptik mit runder Spitze und vorgetäuschtem Reißverschluss in Gold. Ich zwänge die Füße hinein. Das harte Plastik schneidet in meine Fußrücken.
Im Bücherregal finde ich hauptsächlich englischspra-

chige Titel. Daneben aufgereihte Tierfiguren aus Überraschungseiern, Schachteln mit Ringen und filigranen Silberkettchen, eine gerahmte Fotografie. Das Bild zeigt ein Mädchen von vielleicht fünf Jahren, ihr Kopf liegt auf dem Bauchfell einer Katze. Weiße Zahnreihen lächeln in die Kamera. Obwohl ich Lindsey nie gesehen habe, weiß ich, dass sie dieses Kind ist.

SMS an J.:
Melde mich bald. Habe Katzen adoptiert und bin in eine Dachwohnung gezogen. Bin momentan nicht gut im Teilen.

Ich sehe die Katzen durch die Wohnung schleichen. Mit aufgestellten Schwänzen schmiegen sie sich an die nackten Stellen meiner Arme und Beine. Scheinbar gelangweilt suchen sie meine Aufmerksamkeit. Ich tue so, als beachte ich sie nicht, und schiebe sie mit sanftem Druck beiseite. Irgendwann werde ich schroffer. Beleidigt miauend legen sie sich vor die Balkontür, wo die Sonne auf das Laminat fällt. Licht- und Schattenstreifen lassen ihr Fell besonders wirken, raubtiergleich lecken sie sich die Pfoten, strecken alle viere von sich, jede Bewegung ist elegant. Dann sitzen sie ganz nah an der Tür, beobachten die Vögel auf dem Dach des gegenüberliegenden Hauses. Und auch wenn diese unerreichbar bleiben, ist eine nie nachlassende Aufmerksamkeit und Dringlichkeit in ihren Blicken, die mich beeindruckt.

Die heißen Tage sind schwer auszuhalten. Am Morgen vom Balkon aus betrachtet sind die Menschen zielstrebig in Bewegung, die Straßen belebt. Doch bevor es Mittag wird, legt sich eine große Trägheit über die Stadt. Schlag sechzehn Uhr schaufelt der Bagger nichts mehr aus der Grube, dann denke ich an Sandstrände und Baggerseen. Totengleich liegen die Katzen auf dem kühlen Glastisch. Nur wenn man länger hinschaut, ist das Heben und Senken des Bauchfells zu sehen.

Als der Regen kommt und Abkühlung bringt, suchen sie sich Plätze auf den Teppichen. Sie vermissen ihre Körbchen unter dem Bett. Gehe ich in der Wohnung umher, lauern sie hinter den Ecken. Wenn ich das Badlicht lösche, sitzen sie schon vor der Schlafzimmertür. Ich öffne sie so, dass nur ich hindurchpasse. Das Bett ist allein für mich.

Seit Tagen verlasse ich die Wohnung nicht. Ich brauche Lindseys Vorräte auf. Morgens esse ich schwarzen Reis mit Honig und gefrorenen Beeren. Abends Reis mit gebratenen Zwiebeln, Kidneybohnen und Kräuterbutter. Ich genieße die Stille. Nur einmal halte ich mich länger in der kühlen Tiefgarage auf. Zwischen dunklen Limousinen rauche ich Zigaretten, die ich hinter Lindseys Büchern gefunden habe. Sobald ich Stimmen höre, ducke ich mich zwischen die Fahrzeuge und starre in mein verzerrtes Spiegelbild im Lack, blase Rauch dagegen und halte die Luft an, bis die schwere Metalltür wieder ins Schloss gefallen ist.

Kurz vor acht schließe ich den Lieferanteneingang auf. Ich trage Lindseys Kleider. Für die Arbeit in der Küche ist es egal, was ich anziehe.
Die Leinenhose gefällt mir, sagt eine Kollegin und fragt, wo ich sie gekauft habe.
Ich wusste nicht, dass ich so eine Hose besitze, antworte ich. *Habe sie aus dem Schrank gezogen, da war sie*, und eigentlich stimmt das ja auch.
Ich püriere Obst und Gemüse, stelle Säfte her, die ich in 250 ml-Glasbehälter abfülle. Bei dieser Arbeit denke ich nicht, die Hände führen automatisch aus. Überhaupt ist die Arbeit in der Küche momentan das Beste. Als ich nachmittags in die Wohnung zurückkomme, macht sich eine Erschöpfung bemerkbar, die ich gernhabe.

Im gelben Bademantel schlendere ich zwischen Bett, Dusche und Kühlschrank hin und her. Auf dem Teppich liegend blättere ich stundenlang in Büchern über Tiere des Amazonas. Dann verlagere ich meinen Platz unter das Bett. Das Bild von dort spielenden Kindern hat sich in meinen Kopf gedrängt, ich will wissen, wie es sich anfühlt. Lange kann ich nicht so liegen, weil mir der Rücken schmerzt, obwohl der Teppich weich ist. An manchen Tagen stehe ich dreimal unter der Dusche. Nicht zur Abkühlung, sondern weil die Wärme des Wassers wie eine Umarmung ist.
Wie viel mehr Spaß es macht, unvorsichtig zu sein mit dem, was nicht das Eigene ist. Ein Luxus, der nur spürbar ist, wenn Zeit absehbar wird. Manchmal

ist es wie ein Aufschrecken, das mir sagt: Von hier möchte ich nicht mehr gehen.

Ein Anruf von J. in Abwesenheit. Ich schalte das Handy aus.

Ich spüre die Morgenkälte an den Füßen. Es hat die ganze Nacht geregnet, die Balkontür habe ich offen stehen lassen. Meine kleinen Unachtsamkeiten haben einen Reiz. Was könnte passieren mit den Dingen, die mir nicht gehören? Ist das arrogant? Ich stelle mir vor, dass Lindsey nicht wiederkommt und wie ich hier leben würde.

Ich gehe in meine Wohnung, um Nachschub von meinen Tabletten zu holen.

Hast du Lust, etwas mit mir zu essen?, fragt J. am nächsten Morgen, als ich das Handy wieder anschalte. Die Nachricht ist von gestern.
Geht auch heute?, antworte ich Stunden später.

Ich schicke dir den Fahrstuhl, sage ich kurz nach sieben durch die Sprechanlage. *Du musst die Fünf drücken und dann die halbe Treppe wieder runterlaufen.*
Hi. Jetzt bin ich überrascht, sagt J., als er vor mir steht. Er habe mich noch nie an der Tür stehen sehen, sonst sei ich immer irgendwo in der Wohnung beschäftigt.
Für mich fühlt es sich logisch an, nicht an der Tür zu stehen, sage ich, *denn das heißt, auf etwas zu warten, was sowieso kommt, oder eben nicht.*

An der Tür stehen kann aber auch bedeuten, jemanden willkommen zu heißen, erwidert er, als wir in der Küche stehen und ich den Apfel weiter in Stücke schneide. *Geht es dir gut?*
Ich nicke.
Das ist schön.
Verstohlen beobachte ich, wie er den Kühlschrank öffnet, Schubladen aufzieht, neugierig und ohne Hemmungen den Raum erkundet. Es erheitert mich, ihm dabei zuzusehen.
Ich musste mal allein sein.
Ich weiß, erwidert er.
Weil es still bleibt, ziehe ich einen weiteren Apfel aus dem Netz und beginne, ihn zu schälen. Dann kommen die Katzen eilig aus dem Wohnzimmer herübergerannt, als hätten sie etwas verpasst. Sie beschnuppern den Gast.
J. geht in die Hocke und streichelt ihre Köpfe. Sie schmiegen sich an seine Knie, als würden sie ihm sofort vertrauen.
Langweilig ist dir jedenfalls nicht geworden, sagt er.
Als hätten die Tiere ein unsichtbares Hindernis zwischen uns beseitigt, sprudeln mit einem Mal die Worte aus mir heraus.
Willst du die Wohnung sehen?, frage ich. *Du musst dir das Bett ansehen, ein riesiges amerikanisches Bett. Und das Sofa ist noch größer, und der Fernseher erst.*
Neben ihm kniend zerre ich wie ein kleines Kind an J.s weichem Pullover. Plötzlich ist alles wieder da, die Sehnsucht nach Nähe, nach Aufmerksamkeit, nach jemandem, der einfach da ist.

Er lacht. Wo ich nur so lange gewesen sei. In seinem Arm zähle ich übertrieben weitere Vorzüge verschiedener Gegenstände der Wohnung auf. Später lackiere ich ihm die Fußnägel mit blauem Nagellack von Lindsey.

Das Einschlafen fällt mir schwer. Ich finde keine Position, in der ich lange verweilen kann. J. spürt meine Bewegungen, das Wechseln der Seiten.
Alles in Ordnung?, fragt er.
Auf dem Rücken liegend, flüstere ich: *Es rasselt in meiner Brust, wenn ich tief einatme.*
Er legt sein Ohr auf. *Ich höre es.*
Im Badezimmer spucke ich Blut ins Waschbecken. Als ich zurück ins Bett krieche, hat er das Licht angeschaltet.
Ich spucke Blut, sage ich. *Dunkel ist es nicht, eher rosa. Und nicht wirklich schlimm. Vielleicht geht es wieder weg.*
Lass uns besser sofort ins Krankenhaus fahren, sagt er.

Mit Blut in der Lunge und Puls 200 nehmen sie mich in der Notaufnahme auf. Wenn die Niere nicht mehr funktioniert, hat das meistens Auswirkungen auf andere Organe. Herz und Lunge.

4

Auf der Intensivstation der Kardiologie wache ich wieder auf. Ich schlafe viel in den nächsten Tagen. Dann werde ich auf die Nephrologie verlegt, die ich schon kenne. Fünf Kilo leichter. Auch der Doktor ist mir bekannt.
Jetzt sehen wir uns doch schneller wieder als erwartet, sagt er.
Ich rücke im Bett ein Stück höher.
Wenn Ihnen so etwas noch einmal passiert, ist es lebensgefährlich, sagt er ernst. *Wir werden heute Mittag einen Katheter setzen und direkt mit der Dialyse beginnen. Wenn Sie einverstanden sind.*
Ich weiß, dass es keine Frage ist. Ich spreche wenig, ich habe kein Gefühl, ich vertraue dem Arzt, nicke.

Diesmal brauche ich wenig im Krankenhaus. Es ist noch Sommer, und in meinem Schrank hängt die Kleidung, die ich bei meiner Einlieferung trug: die schwarze kurze Hose und das T-Shirt.
Soll ich dir etwas vorbeibringen?, fragt meine Schwester.
Ich brauche nichts, sage ich.

Zahnpasta, Shampoo?
Ein langes Shirt und Unterhosen wären gut, erwidere ich nach einer Weile. *Alles andere habe ich hier bekommen.*

Am Tag meiner Demers-Katheter-OP werde ich auch das erste Mal zur Dialyse gefahren. Egal wie gut man sich fühlt, man wird im Bett zu den Terminen gebracht. Je öfter dies geschieht, desto mehr amüsiert es mich. Schwester Sabine streckt den Kopf herein und schaut mich freundlich an.
Sie werden in einer halben Stunde zur Dialyse abgeholt, Sie können sich schon mal fertig machen.
Ich ziehe das Ladekabel aus der Steckdose, hole die offene Packung Maiswaffeln und meinen iPod aus dem Schubfach meines Tischs sowie Notizheft und Stift. Alles positioniere ich mittig am Fußende des Betts. Die Beine schiebe ich unter die Decke zurück, den Kopfbereich fahre ich etwas höher. Ich bin bereit.
Eine Schwester kommt herein.
Sie wechseln später auch das Zimmer, kündigt sie an, *ich habe schon mal zwei Tüten mitgebracht, da packen wir am besten Ihre Sachen rein.* Sie gibt mir eine der Tüten. *Kümmern Sie sich um Ihren Tisch, ich räume den Schrank aus.*
Als wir fertig sind, stellt sie die Tüten an mein Fußende, ich lege mich ins Bett zurück.
Können Sie mir die Blumen geben?, frage ich.
Sie reicht mir den großen Strauß. Die Vase stelle ich auf meiner Brust ab, halte sie fest mit beiden Händen.

Die Schwester übergibt dem Gelben meine Krankenmappe, der klemmt sie ans Matratzenende.
Alles Gute für Sie, sagt die Schwester und streicht über die Decke, dort, wo meine Waden sind.
Können Sie das bitte noch mal machen?, frage ich und ziehe die Decke zur Seite, bis meine Beine frei liegen.
Überrascht muss die Schwester lachen, wischt sich das kurze Haar hinters Ohr, bevor ihre warme Hand meine Wade berührt.
Danke, erwidere ich.
Die gehört jetzt aber mir, sagt der Gelbe.
Na, dann los, sage ich.
Er wendet das Bett und schiebt mich aus dem Raum Richtung Stationstür.
Hände bitte nicht aus dem Bett strecken während der Fahrt.

Alle Türen, auf die wir zufahren, öffnen sich automatisch. Jeder Arzt, jede Schwester, die uns begegnet, grüßt den Gelben, man kennt sich nicht, das spürt man an der Art der Blicke, am Ton der Stimmen, aber immer ist es ein Einvernehmen. Eine ganze Weile warten wir vor dem Fahrstuhl, eine Frau nähert sich aus einem der langen Gänge.
Was für ein schönes Bild, hört man sie schon von ferne. *Die Blumen stehen Ihnen*, sagt sie zum Gelben, als sie bei uns ankommt.
Der Signalton tönt, und es blinkt über dem Fahrstuhl auf, Metalltüren öffnen sich. Der Gelbe schiebt mein Bett hinein, quetscht sich dahinter, sein Bauch ist auf der Höhe meines Kopfs.

Sie sind zu lang, sagt er.
Sie *sind zu dick*, sage ich.
Nein, Sie zu lang.
Sie zu dick.
Na gut, kommt es von uns gleichzeitig.
Wir sind beide zu groß, sagt er dann.
Einverstanden.

Der Dialyseapparat ist ein großes, auf Rollen stehendes Gerät, das aus verschiedenen Modulen besteht. Es ermöglicht eine patientenspezifische Entfernung gelöster Substanzen – z. B. Harnstoff, Kreatinin, Vitamin B12 – sowie gegebenenfalls eines vordefinierten Wasseranteils aus dem Blut. Auf dem Display der Maschine erscheint bei Betrieb neben verschiedenen Werten auch das Symbol einer Sonne.
Eigentlich ist es ganz einfach, sagt eine Schwester. *Wenn die Sonne untergegangen ist, bist du fertig.*
Wie wird es wohl sein, sich vier Stunden nicht wegbewegen zu dürfen?
Was möchtest du später essen?, werde ich gefragt, als würde dem Bevorstehenden so ein Reiz verliehen. Essen im Bett hört sich gemütlich an. Ich werde in einen Raum geschoben, den von allen Seiten Glasscheiben umgeben, Trennfenster zu anderen Räumen oder Fluren. Zwischen zwei Patienten werde ich geparkt, beide viel älter als ich. Die Schwester stellt uns einander vor, ein kurzes Lächeln, Nicken, der Mann im grünen Jogginganzug blickt zum Bildschirm auf, mit dem Kopfhörer verfolgt er eine Sendung über Nilpferde.

Ich entdecke J. und meine Schwester bei den Vorhängen am Fenster.
Hallo, sage ich leise und versuche mich aufzurichten, ohne Hals und Oberkörper zu belasten.
Als hätten sie nur auf mein Erwachen gewartet, erheben sie sich.
Habt ihr euch amüsiert?
Und du?, fragt J. belustigt und drückt meine Hand. *Hast du gut geschlafen?*
Wie spät ist es?
Genau richtig zum Abendessen, erwidert meine Schwester und schiebt ihren Stuhl von der anderen Bettseite heran. J. zieht ein kleines Alupaket aus seinem Rucksack.
Deine Schwester meinte, ein Burger wäre jetzt genau das Richtige für dich.
Rote-Bete-Bohnen-Burger mit Pommes, sagt sie stolz.
Von meiner Arbeit, ergänzt J. *Wir mussten uns zusammenreißen, ihn nicht schon aufzuessen. Dazwischen haben wir uns ein bisschen über dich ausgetauscht*, scherzt er.
Ungeduldig öffne ich die Folie und beiße mit aufgerissenem Mund in den saftigen Burger. Ich muss an die weiche Offenheit denken, mit der man morgens schläfrig neben jemandem erwacht, als ich sehe, wie J. und meine Schwester mich beim Essen beobachten. Wenn man noch viel angreifbarer ist.
Ich kann nicht mehr, sage ich bereits nach dem zweiten großen Bissen. *Wollt ihr nicht auch mal?*
Ich reiche meiner Schwester das Paket. Beide tun es mir mit einem Bissen nach. Etwas zu sagen ist nicht

notwendig. J. wickelt den übrig gebliebenen Rest sorgfältig wieder in die Folie und schiebt alles in meine Schublade.
Solltest du heute Nacht Hunger bekommen, sagt er.
Dass sie langsam losmüsse, sagt meine Schwester dann und legt die Hände am Fußende auf. *Wenn du was brauchst, melde dich, und ich melde mich auf jeden Fall morgen.*
Ich nicke. *Danke.*
Hat mich gefreut, dich kennenzulernen, sagt J. Etwas unschlüssig, wie sie sich verabschieden sollen, nimmt er ihre Bewegung auf, und sie schütteln einander die Hände. *Auch wenn ich mir natürlich andere Umstände gewünscht hätte*, fügt er noch schnell hinzu.
Als sie die Tür hinter sich schließt, schlüpft er aus den Schuhen.
Sie ist anders als du, sagt er. *Sie hat so eine professionelle Art, Distanz zu wahren.*
Und wie findest du das?
Kann ich mit unter deine Decke?, fragt er lachend. *Nur kurz.*
Klaro, sage ich. *Aber Vorsicht, ich stinke. Ich habe seit drei Tagen nicht geduscht.*
Er legt sich zu mir und lässt den Kopf auf meine Schulter sinken. *Ich bin so müde von der Arbeit, weißt du. Und ich mag deine ungewaschenen Haare.*
Ich bin hellwach, und es fühlt sich an, als hätte ich Tage durchgeschlafen.
Dass wir einfach die Plätze tauschen könnten, schlägt er schläfrig vor. Er bleibe hier, und ich solle zu ihm nach Hause gehen.

Nur wenn du den Katheter mitnimmst.
Eine Weile liegen wir so da, bis ich den Drang verspüre, mich zu bewegen, weil mir Hals und Beine schmerzen, weil ich Durst habe und weil ich Zeit brauche, allein sein will.
Du musst jetzt nach Hause gehen, sage ich irgendwann.

Ich fühle mich empfindlich mit dem Katheter. Jede Bewegung tut weh. Ist das wirklich stabil da unter der Haut? Ein Gefühl, als könnte jeden Moment etwas in mir zerschnitten werden. Ich spüre kein Bedürfnis nach körperlicher Nähe. Es ist ein Schutzmechanismus, das weiß ich.

Ich habe deine Mutter angerufen, sagt meine Oma am Telefon, *hat sie sich schon gemeldet?*
Nein.
Sie meldet sich bestimmt bald.

Immer wieder hat es Phasen gegeben, in denen entweder meine Schwester oder ich keinen Kontakt zu unserer Mutter hatten. Ebenso wie sie zu ihrer Mutter. Oft aus banalen Gründen oder Missverständnissen. Phasen, die jede von uns hingenommen hat, vielleicht weil wir alle ähnlich stur sind. Spätestens nach ein paar Wochen war dann alles wieder vorbei. Wir hatten uns beruhigt, erkannt, wie lächerlich der Auslöser war, ihn vielleicht sogar vergessen. Meist sprachen wir nicht mehr davon. Jetzt aber fühlt sich ihr Nichtmelden anders an. Wie ein Angriff, der wirklich verletzt.

Ich sitze im Auto und winke jemandem, der mit zwei Hunden in der Natur spaziert. Ich trage einen orangefarbenen Handschuh. Dann sitze ich mit meiner Schwester in der Badewanne, wir sind Kinder. Meine Mutter will mir eine Zecke aus der Brust herausziehen. Ich wehre mich dagegen, weil ich Angst habe, sie könnte sie meiner Schwester einsetzen.

Ich ziehe das weite Nachthemd ein Stück herauf, klemme allen überflüssigen Stoff zwischen meine Schenkel. Meine Waden liegen frei, ich will, dass jeder sieht, ich habe nichts an den Beinen. Ich kann laufen, auch wenn ich im Rollstuhl sitze. J. schiebt mich durch die große Vorhalle, wo Strom und Gegenstrom nicht eindeutig zu trennen sind. Suchende bleiben stehen, laufen ein paar Schritte zielstrebig, drehen wieder um. Den gelegten Zugang am Unterarm halte ich gut sichtbar. Ich habe ihn seit meiner Einlieferung, ihn will ich zeigen, ich habe was. Ich frage J. nach seinem Rucksack. Er fragt nicht warum, vertraut mir, er schaut sich die Dinge an, das mag ich an ihm. Er legt mir den Rucksack in den Schoß. Ich schiebe ihn unter das lange Hemd.
Ich bin schwanger, sage ich, *ich will Gummibärchen haben.*
Schön, dass du nie deinen Humor verlierst, flüstert er mir ins Ohr.

Er kauft Weingummis am Automaten. Wir verlassen das Krankenhaus durch die großen Glastüren im Westen. Draußen ist es mild, für einen Augenblick

schließe ich die Augen und spüre dem Rütteln unter mir nach, wenn die Reifen über eine Rille zwischen den Gehwegplatten rollen. Wir schlagen den Weg Richtung Garten ein. Unter den Ästen der Bäume lässt der Sand die Räder knirschen. Zwischen wuchernden Hecken verliert sich die Weite.
Ich setze mich auf eine Bank, und J. zündet sich in einigem Abstand eine Zigarette an. Ich warte, bis sein Blick mich wieder einfängt, lasse übertrieben den Kopf auf die Brust fallen, grätsche die Beine ineinander und verdrehe die Augen. Er lacht laut.
Warte, ich mache ein Bild von dir.
Er drückt auf den Auslöser, während ich die Posen wechsle. Er zeigt mir die Fotos auf dem Smartphone. *Hier siehst du wie eine Psycho-Patientin aus*, sagt er und zoomt das Bild heran. *So echt. Beängstigend.*
Stimmt, sage ich erstaunt und auch ein bisschen stolz.

Später liegt er auf der Wiese und zündet sich eine weitere Zigarette an.
Kommst du auch zu mir ins Gras?
Nein, ich mag's hier oben. Das war schon viel heute, unser Fotoshooting. Außerdem mag ich es, herumgeschoben zu werden.
Er lächelt und klopft Asche von seiner Zigarettenspitze.

Zurück auf der Station, kippt er plötzlich ruckartig den Rollstuhl, sodass der nur noch auf den Hinterrädern steht. Reflexhaft versuche ich mich aufzusetzen, doch der Widerstand ist zu groß. J. erhöht

das Tempo, und ich spüre nur noch ein heftiges Schwanken.
Hör sofort auf damit!
Aber das macht doch Spaß.
Lass es!, wiederhole ich scharf. *Es ist kein Spaß mit diesem Ding am Hals. Ich will nicht austesten, was passiert, wenn ich umkippe.*
Sofort stellt er den Rollstuhl wieder auf die Vorderräder, hält einen Moment inne und schiebt dann langsam weiter.
Entschuldige, sagt er.
Schon gut.

Im Erdgeschoss des Nordflügels liegt die Mutter-Kind-Station. Dort gibt es einen gesonderten Ausgang, den die wenigsten kennen. Das Schlimmste im Krankenhaus sind nicht die kranken Menschen, die man sieht. Es sind die, die bei jeder sich bietenden Gelegenheit vor dem Krankenhaus rauchen müssen. Es sind die, denen man ihr ungesundes Leben ansieht. Am Ausgang des Nordflügels gibt es diese Menschen nicht, man trifft hier selten jemanden. In einem Moment fühlt sich alles ganz klar an. Die Sonne scheint, es ist still, vor mir erstreckt sich von einer Mauer verdeckt der Volkspark Friedrichshain. Mit einem Mal kommt mir alles richtig vor, dass ich hier sitze, allein, dass mir das passiert ist, so dumm es auch klingen mag. Ich sehe das letzte Jahr und mich darin wie jemanden, der ich nun nicht mehr bin. Ich sehe vieles, was ich vorher nicht gesehen habe. Ich hatte versucht, ein Tempo durchzuhalten, das aufregend war, so wie ich es mochte. Ich war überzeugt und vielleicht auch beeindruckt davon, die Starke in einer Dreiecksbeziehung spielen zu können, letztlich aber war es nur furchtbar anstrengend geworden und viel zu aufwühlend fürs Herz. Und wenn ich jetzt ehrlich mit mir bin, will ich so nie wieder sein. Nichts fühlt sich besser an, als das genau zu wissen.

Meine Mitbewohnerin hat mir ein Buch über Transzendentale Meditation vorbeigebracht, das ich zum Geburtstag geschenkt bekommen hatte. Zu Hause lag es auf dem Stapel der ungelesenen Bücher. Wie oft wählen wir nach Effizienzgründen aus, nach dem, was sich vermeintlich lohnt, was keine Zeitverschwendung zu sein verspricht. Das spielt jetzt keine Rolle, ich vergebe keinen Wert, lese erwartungslos. Ich weiß auch, dass ich es bei meiner Entlassung hier liegen lassen werde. Bestimmte Dinge sind nur für bestimmte Zeiten oder Orte passend.

Im Krankenhaus tut man nicht viel, hangelt sich von Mahlzeit zu Mahlzeit. Ich fange an, mein Essen zu fotografieren. Schicke die Bilder meinen Freunden. Wenn ich keine Worte habe, sind da immer noch Bilder. Ein Teller Milchreis mit Butter, zwei Tütchen brauner Zucker, Apfelmus im Plastikbecher. Darin steckt mein Humor. Schicke ich Bilder, wissen sie, es geht mir gut.

Ich habe mir immer mehr Emotionalität gewünscht, ja.

Ich wollte immer mutig sein, das versuche ich nun.

Paul und ich sind zur gleichen Zeit in unterschiedlichen Krankenhäusern.
SMS an Paul:
O Gott, es ist so langweilig, hier ans Bett gefesselt zu sein. Ich muss unbedingt mehr über die Kanülen wissen, damit ich mich selbst abkapseln kann morgens.
Wie ist dein Tag gewesen? Meine Eltern wollen sich beide testen lassen. Irgendwie verrückt. Es wird ein langer Weg. Am Nachmittag habe ich aus jedem Automaten der fünf Stockwerke einen Schokoriegel gezogen und sie heimlich draußen auf einer der Bänke gegessen. Wie gut das war, mal ganz allein zu sein!

SMS von Paul:
Hört sich an, als hätten wir beide einen »interessanten« Tag gehabt. Ich bin sehr glücklich über deine Zeilen, vor allem das mit deinen Oldies! Du wirst sehen, alles wird gut! Bei mir? Ich habe alle Untersuchungen überstanden, es tat nichts weh, war aber trotzdem furchtbar. Vor allem diese Röhre! Später der Katheter. Zwischenzeitlich hatte ich schlappgemacht und musste mit einer Injektion aufgepäppelt werden. Dann vier Stunden nicht bewegen und immer schön in die Ente pullern. (Wie macht ihr Frauen das eigentlich?) Eben erste Gehversuche erfolgreich absolviert.

An J.: *Ich habe den Milchreis im Waschbecken entsorgt, jetzt ist es verstopft, was soll ich tun?*

Später bekomme ich eine neue Zimmergenossin, ihre Familie nimmt mehr als die Hälfte des Raums ein, keiner von ihnen spricht Deutsch. Die Stimmung ist gedrückt, selten sagt jemand etwas. Noch weiß ich nicht, was genau sie hat. Ich habe ein schlechtes Gewissen, das Gefühl, dass ich störe, es verschwindet jedoch schnell wieder, schließlich dringen sie auch in meine Privatsphäre ein.
Der Arzt rollt ein Ultraschallgerät herein, spricht Englisch mit ihr. Die Familie geht vor die Tür, nur ein Mann bleibt mit im Raum, ihr Bruder vielleicht. Der Arzt erklärt, dass der Bauchbereich vereitert sei, daher kämen ihre Schmerzen.
Als wir allein sind, fängt meine Zimmergenossin an zu weinen, draußen beginnt es zu dämmern. Sie beruhigt sich etwas, erzählt, dass sie aus Syrien komme, seit drei Jahren in Deutschland lebe und noch nie in einem Krankenhaus gelegen habe. Ihre Gesten und die Art ihres Sprechens haben etwas Aufgesetztes. Sie bekommt Antibiotika, darf in drei Tagen wieder gehen, aber ihre ganze Welt scheint im Untergang begriffen zu sein.

Am nächsten Tag fühlt sie sich viel besser, sie lacht wieder, ist aufgekratzt, geht ständig im Zimmer umher. Ich möchte in Ruhe lesen, aber sie unterbricht mich immer wieder. Sie versucht, deutsch zu sprechen, ich versuche, höflich zu sein.
Später bietet sie mir Glitzer-Nagellack an. Am Abend darf sie ihre Freunde im Wedding treffen, wenn sie verspricht, bis Mitternacht zurück zu sein. Sie tele-

foniert mehrmals, kann es kaum erwarten, dass sie abgeholt wird. Im Badezimmer braucht sie zwanzig Minuten, um sich hübsch zu machen. Ob es mich stören würde, wenn sie eine rauche?, fragt sie. Ich verneine, meine Neugierde ist zu groß. Sie zündet sich eine Kippe an, setzt sich aufs Fensterbrett und raucht im fünften Stock durchs offene Fenster. Ich kann es kaum glauben, ich möchte, dass etwas passiert. Ich überlege, heimlich unter der Decke den roten Knopf zu drücken, und dann geschieht es ganz ohne mein Mitwirken, denn plötzlich geht die Tür auf. Der Blonde steht dort, die Syrerin schnippt noch die Kippe hinaus, kann sich nicht bewegen. Das ist der Fehler, den die meisten machen, dass sie plötzlich stocksteif dasitzen. Es schreit nach Alarm, nach: Hier stimmt was nicht! Ich versuche, meine Spannung zu unterdrücken, schaue weg, dann wieder hin. Der Blonde schließt ganz ruhig die Tür. Einen Augenblick ist Stille, möglicherweise halten wir alle den Atem an. Die Sekunden danach füllen die Worte des Blonden: *Die Zigarette machen Sie mal janz schnell aus!*

Meine Zimmergenossin beginnt zu stottern: *I didn't know that it is not ...*

Doch der Blonde lässt sie nicht mal zu Ende sprechen, mit ruhiger Stimme sagt er: *Bei jeder der Schwestern wären Sie sofort rausgeflogen, versuchen Sie es gar nicht erst.*

Ich bin beeindruckt von der Sicherheit seiner Worte. Mehr sagt er nicht.

Dann sind wir wieder allein. Die Syrerin will nicht reden, schließt wortlos das Fenster und zieht ihr Handy unter dem Kopfkissen hervor. Sie schreitet durch den Raum, als wäre sie allein in ihrem Wohnzimmer. Als wäre das Fenster ein Fenster, durch das, wie in einem Werbespot, der weite Blick auf die Lichter einer Großstadt fällt. Sie dreht ihre Locken zum Zopf ein, und weil er nicht perfekt sitzt, dreht sie ihn gleich noch mal. Sie passt nicht hierher, denke ich. Und dann weiß ich: Niemand passt in ein Krankenhaus, man wird hier hineingeworfen. Und ihr Modus ist einfach noch nicht runtergefahren wie bei den anderen. Das ist es, was mich stört. Sie soll einfach mal zur Ruhe kommen, einfach daliegen und nichts tun. Vielleicht ein Brötchen mit Butter bestreichen, das Messer fallen lassen und versuchen, es mit einer Hand wieder heraufzuangeln, weil ihr alles wehtut und sie nicht aus dem Bett kommt.

Als meine Zimmergenossin viel später als vereinbart ins Zimmer stolpert, flüstert sie stolz: *Nobody saw me.* Ich sage ihr nicht, dass die Schwester schon zwei Mal nach ihr gesehen hat, weil ich nur weiterschlafen möchte. Sie schaltet den Fernseher über meinem Kopf an, sagt: *Only a few minutes.* Das kann nicht wahr sein, denke ich und lege mir das Kissen übers Gesicht, um das Flimmern abzuschirmen. Ich spüre die anstrengende Müdigkeit der aus dem Halbschlaf Gerissenen, fühle mich weinerlich wie ein Kind.

Vater: *Hallöchen, wollte nur kurz wissen, wie die Herzkatheter-Untersuchung heute war. LG*
Noch mal er: *Hallo Jungs, leider ist aus der von mir vermuteten Zerrung Wahrheit geworden, kann definitiv am Sonntag nicht! @Golo vielleicht kann Ante noch mal die 2 motivieren.*

Ich: *Oh, das hast du, glaube ich, versehentlich falsch gesendet. Jetzt bist du wieder nicht zum Fußball! :) Herzkatheter-Untersuchung überstanden!*

5

Im August gehe ich das erste Mal zur Dialyse außerhalb des Krankenhauses. Eine kleine Praxis in Pankow im Norden des Bezirks, wo ich nur selten bin. Morgens stehen vor der Einfahrt ein bis zwei Krankentransporte und setzen Patienten ab. Kurz vor Mittag ist dann die halbe Straße zugeparkt, um alle wieder nach Hause zu fahren.
Ich bin die Einzige, die ohne Fahrdienst kommt.
Und wenn es draußen kälter wird, willst du da keinen haben, der dich von zu Hause abholt?, fragt einer der Pfleger.
Nein, ich fahre Rad, es ist nicht weit, ich mag das.
Die Zeiten werden festgelegt. Ich kann zwischen früh oder spät wählen. Früh liegt mir mehr. Mein neuer Stundenplan ist also Dienstag, Donnerstag, Samstag sieben bis elf Uhr. Es sieht so aus, als wäre ich die Jüngste in der Runde.

Kurz vor sieben steige ich in den Fahrstuhl und drücke den Knopf für die erste Etage. Vom ersten Tag an habe ich den immer gleichen Platz. Im ersten Stock vorbei am Glaskasten mit Blick in den Dialyseraum erreiche ich durch einen kleinen Gang die Umkleide. Jeder Patient hat einen Spind. Es erinnert an Fitnessstudios oder Highschoolfilme. Die Schränke sind nummeriert, und bald steht auch mein Name auf dem weißen Metall. Den Schlüssel habe ich am Bund zwischen Fahrrad- und Wohnungsschlüsseln. Zur Dialyse trage ich eine bequeme lange Sporthose. Ein T-Shirt mit V-Ausschnitt, das für die Prozedur praktisch ist, so kommen die Pfleger leichter an den Katheteranschluss über der Brust heran. Ich nehme eine Jacke und eine Decke mit, denn ich friere schnell. Der Dialysevorgang wirkt unterschiedlich auf die Patienten. Einige frieren, andere schwitzen, spüren ein Kribbeln oder Unwohlsein. Ich lasse die Turnschuhe unter der Bank stehen, in Socken laufe ich zurück Richtung Glaskasten, öffne die Tür links davon. Die meisten sind schon da, Herr Mehlberg winkt, er trägt Kopfhörer, schaut Fernsehen. Vorbei an Regine, daneben Herr Schauer mit seinen weiten großen Augen und dem dünnen langen Haar. Es folgen zwei leere Stühle, meiner und der von Lucas, der immer als Letzter kommt, weil er unten auf der Bank noch eine raucht. Mona steht gerade bei Herrn Matuscheck und legt den Zugang.

Ich lege Decke und Jacke auf den Stuhl, meinen Beutel hänge ich an einen Haken unter dem kleinen Tisch. Zwischen Herrn Mehlberg und Regine stelle ich mich auf die Waage. 53,5 kg. Zurück auf dem Stuhl, fahre ich die Beinablage in die Waagerechte, den Rücken- und Kopfbereich weiter nach hinten. Nils kommt aus dem Glaskasten.

Na, gut geschlafen?
Bin nahezu hellwach, antworte ich.
Er zupft zweimal Mundschutz aus dem Behälter, reicht mir einen und zieht Einweghandschuhe an.
Wie hat die Dialyse sich das letzte Mal für dich angefühlt? Hast du was gemerkt?
Eigentlich habe ich nichts gespürt.
Wenn was komisch ist, sag bitte immer gleich Bescheid.
Das werde ich.
Und dein Gewicht heute?
53,5.
Er zieht das Pflaster über dem Katheter ab, befreit die Kanülen vom Verbandssocken. Schließt zwei Schläuche an die Öffnungen. Beide führen in die Maschine neben mir, auf dem Monitor tippt er einige Angaben ein.
Wie viel Grad möchtest du? Wir machen mal 36,5, okay?
Ja, ist gut, sage ich.
Und wenn du frierst, erhöhen wir auf 37.
37 Grad ist das Maximum, wärmer sollte es nicht sein, denn dann wäre das Blut wärmer als die Körpertemperatur, und das ist nicht gut.
Willst du fernsehen?
Nein danke, ich habe mir Arbeit mitgebracht, aber erst mal brauche ich Ruhe bis zum Frühstück.
Dann schlaf gut, sagt er.
Ich fahre den Stuhl in Position, bis die komplette Fläche waagerecht steht, und ziehe die Decke über mich. Um kurz nach acht höre ich das Klappern des Essenswagens.

Ich sehe J. durch die Glasscheibe, er steht am Empfang. Ein kurzes Winken, dann erfüllt mich Scham. Sein Blick ist offen, ich beneide ihn dafür, ich kann ihn nicht halten. Mit dem Mundschutz komme ich mir albern vor. Ich traue mich nicht mehr hinzusehen. Es fühlt sich an wie ausgeliefert sein. Ich muss auf Mona warten, die den richtigen Überzug für den Katheter holt, bevor ich aufstehen darf.

In der ersten Zeit achte ich bei allen Mahlzeiten sehr genau darauf, möglichst kalium- und phosphatarm zu essen. Ein gewisses Interesse am Thema Ernährung und den Inhaltsstoffen habe ich seit Jahren, allerdings war mir nicht bewusst, dass in nahezu allen Obst- und Gemüsesorten Kalium enthalten ist. Genau das, was für mich zuvor ein wichtiger Bestandteil jeder Mahlzeit war. Ich war immer eine Viele-Kleinigkeiten-Esserin.
Ich beginne, hauptsächlich Reis und Kartoffeln zu kochen. Kartoffeln lege ich am Vortag in Wasser ein, das hilft, den Kaliumgehalt um bis zu 70 Prozent zu reduzieren. Die ersten Wochen verzichte ich auf nahezu alles, was *schlecht* für meinen Körper sein soll. In der Gemüseabteilung des Supermarkts wähle ich nur die kaliumarmen Sorten: Eisbergsalat, Gurke, Chicorée, Radicchio, Radieschen und grüne Paprika. Die Abwechslung, die meine Auswahl verhindert, suche ich in der Form der Zubereitung: Paprika mal in Streifen statt gewürfelt, das mag unsinnig klingen, macht aber eine Menge aus.

Wenn ich mit Freunden essen gehe, fällt es mir schwer, etwas zu finden, das mich zufriedenstellt. Ich brüte viel länger über der Karte, denke zu viel nach. Habe ich endlich eine Wahl getroffen, bin ich regelrecht erleichtert. Doch auch das nicht immer. Viel zu oft ist etwas dabei, das mir nicht passt. Beim Curry sind es Nüsse oder Kokosmilch. Bei Pasta ist es Käse oder Tomatensoße. Ich bin unsicher und angespannt. Mein Kopf sagt: *Alles, was zu viele Mineralien oder Ballaststoffe hat, ist nicht gut für mich.* Absurderweise ist das vermeintlich Gesunde nun ungesund und umgekehrt. Gummibärchen beispielsweise kann ich immer essen, Gleiches gilt für Weißmehlprodukte, die auf einmal viel besser sind als alles aus Vollkorn. Ich mache mir Vorschriften, die ich befolge. Darin will ich gut sein. Ich weiß, ich setze mir zu viele Grenzen, doch noch kann ich es *aushalten*.

Nach den ersten Dialysewochen vermeide ich es, Freunde zum Essen zu treffen. Die anhaltende Unsicherheit, das Zögern bei der Wahl im Restaurant lösen Stress bei mir aus, münden meist im schnellen Kompromiss, sodass ich unzufrieden werde. Allein kann ich mir Zeit lassen und finde immer eine Möglichkeit.

Nach den Wochenenden bemerke ich häufig eine Zunahme an Flüssigkeit. Meine Beine sind geschwollen und schwer, mein Körper ist müde. Ich versuche, die Flüssigkeitsaufnahme so gering wie möglich zu halten. Viele Dialysepatienten verspüren großen Durst und können die Einschränkung nicht durchhalten. Ich spüre den Durst auch, doch er ist zu ertragen. Ich gewöhne mich an feste Trinkzeiten, trinke selten nach Durst. Manche Patienten lassen sich drei bis vier Liter Flüssigkeit entziehen. Für meinen Körper sind eineinhalb Liter das Maximum, und selbst die spüre ich: Mir wird schwindelig, der systolische, also höhere Wert des Blutdrucks liegt dann unter 100. Ich muss sitzen bleiben, bis er wieder angestiegen ist. Jedes Mal habe ich Angst vor diesem Zustand, also versuche ich, Dienstagmorgen nicht mit zu vielen Kilos zu kommen.

Schwierig wird es nun auch, sich abends zu verabreden, etwas trinken zu gehen. Es ist nicht der Verzicht auf Alkohol, im Gegenteil, der fällt mir überhaupt nicht schwer, weil ich merke, wie viel aufmerksamer und wacher es mich macht. Es ist das Trinken an sich. Abends habe ich häufig bereits meine Höchsttrinkmenge erreicht. Oder ich will einfach nichts mehr zu mir nehmen, weil ich mich an diesen Zustand gewöhnt habe. Sich abends auf ein Getränk zu treffen, wird dadurch kompliziert. Nichts zu essen in einem Café oder einer Bar ist völlig normal, nichts zu trinken ist es aber nicht. Ich lerne, die Abende allein zu schätzen, ziehe es vor, Menschen tagsüber zu treffen. Manchmal ist es mir unangenehm, das zu sagen. Ich höre Entschuldigungen von meinen Freunden, sie seien nicht aufmerksam genug gewesen. Dann hätte ich lieber nichts gesagt. Ich will nicht, dass sich die Aufmerksamkeit auf meine Erkrankung legt. Ich weiß, sie wollen alles richtig machen.

In der Nacht träume ich vom Schwimmen. Noch bevor ich aufwache, weiß ich, dass Schwimmen gar nicht möglich wäre, weil der Katheter nicht mit Wasser in Berührung kommen darf. Freunde schicken mir Bilder von Inseln, vom Meer; vorher fragen sie, ob das in Ordnung ist, und ich bin froh über ihre Offenheit, ihre Zweifel. Es hat einen stechenden Beigeschmack, und gleichzeitig freue ich mich, die Bilder zu sehen. Bilder sind jetzt wichtig für mich. Im Internet sehe ich mir Bilder der Berliner Wälder an. So nah sind sie und so viele.

Ich verabrede mich mit meiner Schwester zum Frühstück in dem Café, wo J. ein paar Stunden in der Woche aushilft. Von der Dialyse sind es dorthin nicht mehr als fünfzehn Minuten zu Fuß. Es ist Samstag, alle Tische sind belegt und der Trubel so laut, dass ein neuer Gast nicht auffällt. Meine Schwester hat zwei Freundinnen dabei, wir kennen uns flüchtig.
Wir sind seit einer Stunde da, begrüßt sie mich. Auf ihren Tellern liegen Brot- und Obstreste.
Ich konnte nicht früher weg von der Maschine, entschuldige ich mich, obwohl ich pünktlich bin, zur ausgemachten Zeit.
Sie kämen direkt aus dem Kater Blau, da habe sich der Weg nach Hause nicht gelohnt, sagt eine der Freundinnen, sie wären sonst wohl nicht mehr losgekommen. Meine Schwester gähnt hinter vorgehaltener Hand, die andere Freundin lehnt sich im Stuhl zurück und schließt für einen Moment die Augen.

Tut mir leid, dass wir so schweigsam sind, sagt meine Schwester.
Ich weiß nicht, was ich sagen soll. Plötzlich steht J. neben mir.
Schön, dass du da bist, sagt er. *Willst du was bestellen? Es dauert aber ein bisschen.*
Ich muss erst in die Karte schauen, sage ich und denke, dass ich jetzt unglaublich gerne auch betrunken wäre und müde.

Ich weiß, dass ich meine Mutter anrufen muss. Ich weiß, ich habe keine Zeit mehr zu warten, bis sie sich meldet. Als ich mich endlich aufraffe, erreiche ich sie nicht, sie ruft auch nicht zurück. Ich bin unsicher, angespannt, fühle mich allein gelassen, zum ersten Mal.
Erst Tage später bekomme ich sie an den Apparat.
Und wie geht's?, kommt es von ihr, als wäre nichts gewesen. Und vielleicht war es das auch gar nicht, und ich bin einfach zu panisch mit allem.
Wieso bist du nicht zu erreichen?
Ihr seid auch nie zu erreichen, antwortet sie ein wenig beleidigt. *Ihr ruft immer nur an, wenn ihr was wollt.*
Darauf kann ich nichts erwidern, wie Gänsehaut fühlt es sich an, denn in diesem Moment hat sie recht. Ich kämpfe nicht dagegen an, weiß nicht wofür, also schweige ich weiter.
Bist du noch dran?, fragt sie.
Weißt du deine Blutgruppe schon?
Ich mach das noch, nächste Woche, du weißt doch, wie sehr ich Spritzen hasse.

6

2006 begann ich mein erstes Studium. Zur gleichen Zeit nahm ich nach mehr als vierzehn Jahren Kontakt zu meinem Vater auf. Für die Berechnung meines BAföGs benötigte ich Einkommensnachweise von ihm. Meine Mutter fand zwischen vergilbten Briefen eine mögliche Postadresse.
Da ist er damals hingezogen, was anderes hab ich nicht, sagte sie. *Er wird da aber sicher noch wohnen.*
Die erforderlichen Bögen tütete ich in ein Kuvert ein. Auf ein DIN-A4-Blatt schrieb ich: *Hallo, kannst du das für mich ausfüllen? Ich brauche es für mein Studium. Ist sehr wichtig!* Ich las die Sätze mehrere Male. Alles ist gesagt, dachte ich. Kurz entschlossen fügte ich hinzu: *Vielen Dank.* Weil ich das Papierstück als ziemlich leer empfand, faltete ich es einmal und riss den unteren Teil ab. Schon besser, dachte ich und steckte den Bogen ins Kuvert.
Weil ich es lange aufgeschoben hatte, waren es bis zur Abgabefrist weniger als zwei Wochen. Ich war nervös, ob er überhaupt antworten würde. Doch nach wenigen Tagen erreichte mich seine Rücksendung. Ebenso beigelegt ein Blatt Papier. *Ich hoffe, es*

ist alles richtig so? stand dort, danach sehr viel weiße Fläche, ganz unten ein *PS* mit Mailadresse und Telefonnummer. Ich ging die Unterlagen durch, nicht für alles hatte er Nachweise beigelegt. Anrufen wollte ich nicht, also schrieb ich eine E-Mail. Es stellte sich heraus, dass er ein paar Tage benötigen würde, um die fehlenden Nachweise zu besorgen. Der postalische Weg war damit ausgeschlossen, es blieb keine Zeit. Ich entschloss mich, die Unterlagen persönlich abzuholen, und machte einen Termin mit ihm aus.

Ich konnte die U-Bahn nehmen, musste noch wenige Minuten laufen und stand vor der heruntergekommenen Fassade eines fünfstöckigen von Buchsbaumhecken umgebenen Mietshauses. Die ursprünglich weiße Fassade war besonders an den unteren Rändern stark verschmutzt. Ich dachte an das Fell eines alten Pudels. Scheppern von Glas, jemand schmiss Flaschen in den Container, schüttelte eine Plastiktüte aus, als wenn darin Flüssigkeit ausgelaufen wäre. Dünne, untrainierte Waden schlurften aus dem Dunkel der Containerüberdachung über den Weg zum Hauseingang. Ein Kapuzenträger in Shorts. Der Türöffner summte, ohne dass der Mann den Klingelknopf betätigte. Mein Blick ging die Hauswand hinauf, suchte eine Erklärung dafür, ein offenes Fenster, eine zur Seite geschobene Gardine. Nichts. Dann kam mir in den Sinn, dass auch mein Vater hinter einem der Fenster stehen konnte, also neigte ich den Kopf abrupt wieder Richtung Hauseingang. Der Kapuzenträger war verschwunden. Stille.

Ich dachte an den Wohnblock meiner Kindheit. Am Fenster unseres Kinderzimmers hockend hatte ich jeden Sonntag darauf gewartet, dass die türkisfarbenen Jalousien gegenüber endlich hochgezogen wurden, damit ich mich mit meiner Freundin Nadja über Fingerzeichen zum Spielen verabreden konnte. Vom Wohnzimmerbalkon hatte der Blick über den Anwohnerparkplatz bis zu Penny und Spar gereicht. An der Sprechanlage fand ich sofort den Nachnamen meines Vaters, das dritte Schild von unten. Die Klingelknöpfe zeigten unterschiedliche Grade der Abnutzung. Waren sie ein Zeichen dafür, dass mein Vater häufig Besuch empfing? Dass er viele Freunde hatte? Ich spähte in den dunklen Hausflur bis zum Fahrstuhl. Ich kannte das Geräusch, wenn die Türen sich zusammenschoben. Das Rucken, mit dem die Aufzugkabine losfuhr oder wieder anhielt. Die abblätternde Farbe und die an die Wände geklebten Kaugummis. Mit einem Mal war ich mir nicht mehr sicher, ob ich ihm wirklich begegnen wollte.
Gedämpftes Hundebellen drang heraus. Im Flur wurde es heller. Kaum war die Tür aufgegangen, war ein schwarzer Terrier durch den Spalt geschlüpft, nur eine rote Leine hielt ihn. Die Augen des Hundes lagen unter einem Haarbüschel verborgen, er beschnupperte meine Jeans. Die zierliche Frau dazu fragte, ob ich reinwolle.
Ich bin noch nicht sicher, sagte ich und versuchte, ihre Augen hinter der Sonnenbrille auszumachen. Das Grün der Gläser irritierte mich.
Verstehe, erwiderte sie.

Die Tür fiel erstaunlich leise ins Schloss. Ich dachte an den weißen Chow-Chow aus meiner Kindheit. An die Hundehalterin mit der blonden Dauerwelle aus dem Erdgeschoss. Auch sie hatte eine verspiegelte Sonnenbrille getragen. Vom Karabinerhaken am Halsband befreit, lief der Terrier zielsicher auf die Wiese. Die Frau schob die Leine in die Jackentasche. Eine Weile beobachteten wir den schwarzen Hund, wie er schwanzwedelnd zwischen den Büschen verschwand und kurz darauf wieder hervorgeschossen kam, als wollte er sich unserer Anwesenheit versichern. Die Frau sagte, dass ihr Charly nicht immer so quirlig gewesen sei. Sie habe ihn inzwischen seit gut fünf Jahren. Eine langjährige Freundin sei damals gestorben, und sie habe deren Hund zu sich genommen. *Wissen Sie, Charly hält mich auf Trab.* Inzwischen verstehe sie aber, warum ältere Menschen Hunde hätten. Auch wenn viele von ihnen sich über das Danach wahrscheinlich wenig Gedanken machten und sich auch sonst nicht ausreichend um die Tiere kümmerten. Wann immer es ihr möglich sei, gehe sie mit Charly spazieren. Sie schob die Brille in die Stirn, und zum ersten Mal sah ich in ihre hellbraunen, warmen Augen. Den Blick wieder in die Weite gerichtet, fuhr sie fort: *Ich verliere nie die Freude, ihm beim Herumtollen zuzusehen.* Der Hund habe ihre Gewohnheiten verändert. Nicht jeder Mensch sei dafür bereit.

Ich erzählte ihr von der Frau aus dem Erdgeschoss. Sie hatte die Gewohnheit gehabt, sobald einer ihrer Chow-Chows gestorben war, einen neuen zu kaufen.

In der Zeit, die ich dort gelebt hatte, waren also *Bimbo* 1 bis 3 an mir vorbeigezogen.
Die Frau lächelte verständnisvoll. *Wissen Sie, ich habe in meinem Leben festgestellt, Gewohnheiten hat man, um sagen zu können: Alles ist wie immer. Es ist Selbstbetrug, ja, wahrscheinlich aber eine der intelligentesten Selbstbetrügereien, zu denen der Mensch imstande ist.*
Damit folgte sie ihrem Hund auf die Wiese, und ich sah den beiden nach, bis sie hinter der Hecke verschwunden waren.

An diesem Tag sah ich meinen Vater nicht mehr.

SMS von meinem Vater: *Kann dich telefonisch nicht erreichen. Habe heute Dr. Diehl angerufen. Ich bin bereit, wenn du möchtest! Also, ich meine, die Niere und ich. :)*

SMS an meine Schwester: *Hast du was von Mama gehört? Sie ruft nicht zurück.*

SMS-Antwort von ihr: *Nein, auch nicht. Aber du weißt doch, wie sie ist.*

Ich bin wütend auf meine Mutter. Habe ich Erwartungen an sie, die ich nicht haben darf? Zugleich bin ich erleichtert, dass endlich etwas ohne mein Handeln geschieht. Dass mein Vater diesen Schritt auf mich zugeht, genau so fühlt es sich an. Kein Zögern und keine Unsicherheit in seinen Worten. Er hat es sich wohl gut überlegt.

Er habe Sushi nie probiert. Wir könnten es ja mal zusammen machen, ob ich da was kenne, bei mir um die Ecke. Er weiß, wie gern ich Sushi esse. Ich solle das Restaurant aussuchen, hat er am Telefon gesagt.
Ich nehme an einem der Vierertische am Fenster Platz, der Lärm der Baustelle draußen schallt gedämpft herein. Mir gegenüber schaut ein Mann auf sein Handy, den Teller mit Reisresten hat er zur Seite geschoben. Fürs Mittagessen ist es fast schon zu spät. Mein Magen knurrt. Sicher, was ich bestellen möchte, klappe ich die Karte zu.
Du hättest doch schon bestellen können, sagt er, als er zu mir kommt, um mich zu umarmen.
Dann hätte ich auch allein essen können, erwidere ich.
Einen Moment bleibt er stehen, unschlüssig, auf welchen der beiden Plätze er sich setzen soll. Dann legt er Handy und Portemonnaie aus der Hand und setzt sich mir gegenüber. Ein kariertes Hemd hat er sich angezogen. Ich spüre seine Aufregung, denn er versucht, lustig zu sein.
Er entschuldigt seine Verspätung mit der Erklärung, er sei mit seiner Mutter beim Orthopäden gewesen. Und obwohl sie einen Termin gehabt habe, hätten sie eineinhalb Stunden warten müssen, so wie immer. Er könne während dieser Wartezeiten nichts anderes tun, als dazusitzen, weil er sie ja auch wieder abholen müsse.
Ich verstehe einfach nicht, warum sie keinen Rollator möchte, viel laufen ist so wichtig, oder nicht?
Ich nicke.

Er sehe weit ältere Frauen auf der Straße, die damit täglich allein laufen würden, fährt er fort. Er brauche sie ja nicht zu fahren, habe seine Mutter daraufhin entgegnet. *Was soll ich dazu sagen?*, fragt er genervt, die Hände auf den Tisch gelegt.
Ich zucke mit den Schultern. Der Kellner steht vor uns.
Wollen wir bestellen?
Überfordert von der plötzlichen Unterbrechung flirren seine Augen über die aufgeschlagene Karte.
Was nimmst du denn?
Das Menü 3 ist gut, sage ich und nicke dem Kellner zu. Also bestellt er die 3, dazu eine Apfelschorle.
Auf deine Verantwortung, sagt er mit hochgezogenen Brauen, und nach einer Weile: *Ich weiß nicht, warum sie so faul geworden ist.*
Manche Dinge kann man nicht ändern, erwidere ich, die Finger um das warme Minzteeglas gelegt.
Mein Vater ist noch ganz im Redefluss, als das Essen kommt. Er erzählt von Schnäppchentagen im B5-Center, zu denen er seine Mutter fahren müsse, und dass sie die Schnäppchen meist doppelt kaufe, um ihm hinterher etwas mitzugeben. Er wisse, sie meine es nur gut, aber es treibe ihn jedes Mal in den Wahnsinn.
Jetzt frage ich mich, warum er diese Dinge erzählt. Ich will sie doch gar nicht wissen.
Schmeckt es dir?, fragt er, obwohl er weiß, dass ich noch gar nicht probiert habe. *Oder hättest du lieber woanders gegessen?*
Es ist alles gut, sage ich, *wie war es mit Dr. Diehl?*

Nett, antwortet er. *Wir haben noch mal über die Vor- und Nachteile einer Transplantation gesprochen, also für dich und mich.* Er schaut mich an, dann bricht er die beiden Stäbchen auseinander. *War wohl eines dieser typischen Gespräche*, fährt er fort. *Davon kommen noch mehr, hat Diehl mich vorgewarnt.* Mein Vater lacht.
Danke, sage ich, *also du weißt schon*, und schiebe mir einen Maki in den Mund.
Na ja, hoffentlich klappt das auch alles, sagt er.
Ich bin froh, dass er an diesem Tag nicht nach meiner Mutter fragt. Ich wüsste nicht, was ich sagen sollte.
Als er es schafft, seine erste Rolle zwischen den Stäbchen zum Mund zu führen, genieße ich für einen Moment die Stille, die sich ganz natürlich anfühlt. Wäre mein Vater immer bei uns gewesen, wüsste er, dass mein Schweigen nichts Schlechtes bedeutet.
Schmeckt gut, sagt er kauend.

Wir sind zum ersten gemeinsamen Gespräch mit Dr. Diehl im Transplantationsbüro verabredet. Der Arzt gießt Sprudelwasser ein, und während er abwechselnd unsere Gesichtsausdrücke studiert, nehme ich einen Schluck, obwohl ich nicht durstig bin. In seinen Augen liegt diese eindringliche Wachsamkeit, bei der ich immer das Gefühl habe, der Schauende könne in mich hineinblicken und etwas erfahren, ohne dass ich ein Wort sage.
Nach einer Weile, als wäre diese Form der Informationsbeschaffung damit abgeschlossen, richtet er den

Blick auf einige Blätter aus seiner Schublade. Er werde uns beiden nun ein paar Fragen stellen. Wir sollten so detailliert wie möglich antworten, Unwichtiges gebe es nicht. Diehls Schreibbewegungen über dem Papier wirken zügig und routiniert, einzelne unserer Antworten wiederholt er leise. Er fragt nach Krankheiten in der Familie, nach Vorlieben, Selbsteinschätzungen, Lebensläufen. Ich komme gar nicht auf die Idee, etwas zu verschweigen, und lasse ich doch einmal etwas unerwähnt, errät er sofort die Lücke und stellt die passende Frage.

Nach einer halben Stunde hat er ein Protokoll verfasst. Jede noch so kleine Erkrankung scheint einen Stellenwert zu haben. Ein ernüchterndes Gefühl ergreift mich. Zum ersten Mal wird mir klar, dass die Einwilligung meines Vaters nur ein erster Schritt auf dem langen Weg zur Transplantation ist und dass sehr viele weitere Faktoren übereinstimmen müssen, damit ich seine Niere bekommen kann.

Hört sich erst mal alles schrecklich an, nicht wahr?, sagt Dr. Diehl und schiebt die Papiere übereinander.

Da haben Sie recht, platzt es aus meinem Vater heraus.

Dr. Diehl faltet die Hände im Schoß. Er könne sich vorstellen, wie wir uns fühlten. Nach so einem Gespräch glaube man, dass es sowieso nicht zur Transplantation komme. Letztlich aber sei es ein immer gleiches Prozedere. Siebzehn Blutproben vom Empfänger und vom möglichen Spender würden ins Labor eingeschickt. Werde dort nichts Auffälliges gefunden und gebe es bezüglich der relevanten Werte

Übereinstimmungen, erfolge der nächste Schritt. Eins nach dem anderen, so sehe die Realität aus.

Ich starre aus dem Fenster und wieder zurück auf die älteren Damen, die mir in der Tram gegenübersitzen. Unruhig suchen meine Augen den nächsten Reiz. Nur nicht zurückdenken, sage ich mir, und dass ich sowieso nichts beeinflussen kann. In dünne Windjacken gekleidet, hält jede der Frauen sorgsam ihre Handtasche im Schoß. Die beiden unterhalten sich leise wie alte Schulfreundinnen. Dass sie die Wertmarken jetzt nicht einlösen könnten, sagt die eine, weil sie dann keinen Vorrat mehr hätten. Die andere nickt, und beide blicken zufrieden hinaus. Vorrat, was für ein seltsames Wort. Dann zieht die Dame am Fenster den Reißverschluss ihrer Tasche auf, nimmt zwei Schokoriegel heraus und reicht der Freundin einen. Das Papier knistert in ihren Fingern, während sie genügsam ihren Snickers-Vorrat verspeisen.

Mit der Auswahl des Essens komme ich mittlerweile besser zurecht. Ich finde neue Möglichkeiten, zu kombinieren, traue mich, Ausnahmen zu machen ohne ein schlechtes Gewissen. Wenn ich Hunger auf etwas verspüre, dann esse ich es auch. Es müssen nicht fünf Stücke Schokolade sein, es reichen auch zwei, eine Kalium-Menge, die in Ordnung ist. Ich entwickle eine spielerische Disziplin.

Dann kommt es doch ziemlich plötzlich, dass mein Vater wie nebenbei erfährt, er habe den ersten Schritt,

die Bluttests, überstanden, man werde sich melden für die nächsten Untersuchungen. Er ist nervös.
Sie wollten doch Montag anrufen, sagt er. *Ich erreiche keinen.*
Sie melden sich schon noch. Die sind immer so, versuche ich ihn zu beruhigen.
Und dann, endlich, rufen sie tatsächlich zurück.
Ich denke kaum darüber nach. Es ist absurd, aber plötzlich macht mir nichts davon mehr Angst. Es erscheint mir beinahe zwangsläufig, dass es klappen wird, weil ich mir gar nicht vorstellen kann, die Dialyse könnte von nun an mein weiteres Leben bestimmen. Ich lasse das Bild dafür einfach nicht in meinen Kopf. Da sind so viele andere Bilder. Und ich bin froh.

Meine Mutter hat uns alleine großgezogen, und meinen Vater gab es fast fünfzehn Jahre nicht für mich. Ich erlebe ihn zum ersten Mal richtig, lerne ihn kennen. Schön ist, dass er zeigt, wenn er Angst hat. Ich spüre seine Anspannung vor den Untersuchungen deutlich. Mein Innerstes kennen die Ärzte bereits, das Verfahren macht mir keine Angst mehr. Ihn fangen sie jetzt erst an auf Herz und Nieren durchzuchecken.
Dr. Diehl sagt: *Sie werden mehr Schmerzen haben nach der Operation als Ihre Tochter.*
Natürlich, denn mein Vater verliert ein Organ, und ich bekomme ein neues. Manchmal wird der Gedanke greifbar: Ich hole mir auf andere Weise, was ich nie bekommen habe.

7

Ich beginne mich auf die Dialysezeiten zu freuen, obwohl ich weiß, dass ich dafür um sechs aufstehen muss. Schon am Vorabend freue ich mich auf den ersten Kaffee um acht am Morgen. Filterkaffee, nirgendwo sonst trinke ich Filterkaffee. Ich mag es, früh unterwegs zu sein, wenn alles noch schläft, wenn es kalt ist und ungemütlich. Mich macht es wach und lebendig. Entscheidend ist vielleicht, dass ich die Dialyse nicht als Zeitverschwendung empfinde. Es ist ein immer gleicher Ablauf mit immer gleichen Gesichtern.
Stündlich wird der Blutdruck gemessen. Nach der zweiten Runde geht jemand mit einem Zettel rum. Es wird festgelegt, zu welcher Zeit die Abholtransporte bestellt werden. Weil ich keinen Fahrdienst brauche, schließe ich die Augen. Ich habe herausgefunden, wie sich die Schwestern abwimmeln lassen. Will man seine Ruhe haben und der Blutdruck war vorher stabil, stellt man sich schlafend. Sie lassen einen dann in der nächsten Runde aus.
Ist die Dialysezeit eines Patienten beendet, wird der Platz für den nächsten vorbereitet. Stuhl und Kopf-

teil werden gesäubert, mit einem neuen blauen Laken bezogen.

NOTIZEN ÜBER ALLE, DIE ICH KENNENLERNE

EMMA
Schwester Emma trägt heute ein dunkelblaues T-Shirt mit hellblauem Wal-Aufdruck. Darüber steht: *Rettet die Wale. Esst mehr Japaner!* Als sie meinen Katheter freilegt, um mich an die Maschine anzuschließen, vergisst sie ihren und meinen Mundschutz. Ich traue mich nicht, etwas zu sagen, weil ich nicht will, dass sie denkt, ich weise sie zurecht, suche einen Fehler. Erst als sie mit der Säuberung meines Katheters fertig ist, sagt sie: *Auweia, wir haben den Mundschutz vergessen!*
Ich tue überrascht: *Oh ja, stimmt.*
Aber wir haben ja nicht gesprochen.
Als sie meinen Blutdruck misst, zieht sie mich damit auf, dass ich beim nächsten Mal aber nicht wieder den Mundschutz vergessen solle.
Es kommt immer darauf an, *wie* man die Dinge anspricht, denke ich dann.

LUCAS
ist meist früher da als ich, mit dem Krankentransport. Weil er draußen aber noch seine Zigarette raucht, kommt er erst nach oben, wenn ich bereits angeschlossen bin. Und er geht immer als Letzter. Er ist drei Jahre jünger als ich und steckt in der Behand-

lungsphase, bei der am Unterarm dickere Adern sichtbar werden, er macht die Dialyse also seit höchstens drei Monaten. Bis auf uns beide und Herrn Bering haben alle anderen einen Shunt am Unter- oder Oberarm. Eine operativ angelegte Gefäßverbindung zwischen Vene und Arterie, in die der Zugang gelegt wird. Ich habe keinen solchen Zugang, sondern einen Demers-Katheter oberhalb der Brust, was schmerzlos ist, weil keine Nadel gestochen werden muss. Das heißt auch, ich muss den offenen Einstich, wenn die Nadel nach der Dialyse gezogen wird, nicht abdrücken.

Mit einem Katheter fängt es meistens an. Sie bleiben in der Regel drei Monate im Körper, danach sollten sie entfernt werden, die Gefahr von Infektionen ist zu groß. Katheter sind auch der optimale Übergang für diejenigen, die eine schnelle Aussicht auf Transplantation haben.

Dr. Nebinger: *Kannst du zur nächsten Dialyse deine Urinmenge innerhalb von 24 Stunden festhalten?*
Lucas: *Kann ich machen.*
Dr. Nebinger: *Mit einem Messbecher.*
Emma: *Oder unterwegs mit 'ner Flasche.*
Dr. Nebinger: *Mussten Sie das auch mal machen?*
Emma: *Ich kenne das vom Boot. Nachts, wenn man nicht rauswill. Nimmt man 'ne Flasche.*
Lucas: *Jeder, wie er mag.*
Emma: *Da hockt man sich sonst auch mal auf die Reling.*

MONA GEGEN HERRN SCHAUER
Mona: *Wollen Sie Käse auf die zweite Hälfte?*
Herr Schauer: *Gibt es auch Kochschinken?*
Mona: *Ja. Und dann noch Hackepeter?*
Herr Schauer: *Ja.*
Mona: *Und aufs vierte?*
Herr Schauer: *Käse.*
Mona: *Also doch Käse.*
Herr Schauer: *Ja, als Letztes.*

HERR SCHAUER GEGEN DR. NEBINGER
Dr. Nebinger: *Wie geht es uns denn?*
Herr Schauer: *Mir geht's gut, aber wie es Ihnen geht, habe ich keinen Schimmer.*

NILS GEGEN REGINE
Nils: *Oje, Regine, jetzt habe ich vergessen, Ihnen das EPO ins System zu spritzen.*
Regine: *Jetzt weiß ich auch, warum mir eben beim Abschließen so schlecht war.*

HERR SCHAUER GEGEN MONA
Mona: *Sie sollen nicht immer den jungen Schwestern hinterherschauen.*
Herr Schauer: *Den* alten *Schwestern.*
Nils: *Wo er recht hat, hat er recht.*

DIE PFLEGER
Carina: *Braucht noch wer was? Und will ansonsten wer nach hinten?*
Mona: *Ich, wenn du meinen Blutdruck machst.*

Nils: *Ich, wenn du meinen Abschluss machst.*
Mona: *Carina kriegt auch immer, wen sie will.*
Nils: *Sie gibt eben die richtigen Anweisungen.* (Macht Carina nach): *Ich nehme HERRN MILDT!!*

Reihum teilt Emma Belege aus, die Kassenquittungen aus Supermärkten erstaunlich ähnlich sind.
Ihr Kaliumwert ist super, Herr Möller. Und Ihr Wert ist auch gut, Regine.
Keiner hat schlechte Kaliumwerte. Die Patienten bedanken sich. Während Emma meinem Platz näher kommt, spüre ich wieder dieses flaue Gefühl im Magen, wie zuletzt in Prüfungen während des Studiums. Ich will nicht auffallen, aus der Reihe tanzen, gleichzeitig gibt es einen Teil in mir, der an die Ausnahme denkt. Was passiert, wenn mein Wert schlecht ist? Und auch das würde ich gern wissen: Ob dann die Ernährungsberaterin aus dem dritten Stock zu mir käme? Letztlich ist auch mein Kaliumwert super. Eine Zahl wird niemandem von uns genannt.

Und wie geht es Ihnen heute? Irgendwelche Auffälligkeiten, Besonderheiten, Vorkommnisse? Jeder Arzt hat seine eigene Art zu fragen. Von Dr. Nebinger kommt immer ein: *Und? Alles schick?* Er ist bestimmt zwanzig Jahre älter als Dr. Naumer. Gerade deshalb finde ich gut, wie er spricht.

Lucas neben mir gibt die Fragen an die Ärzte zurück. Damit rechnen sie nicht und antworten mit den gleichen Floskeln.

Gut, und selbst?, fragt er.
Und der Arzt antwortet: *Kann mich nicht beklagen.*
Es ist ein bisschen wie bei einer schlechten Theateraufführung. Und doch würde ich es nicht anders wollen, weil es diesen Humor und das Groteske braucht.

Je länger ich hier bin, desto besser kenne ich die Frühstücksgewohnheiten der anderen. Es gibt drei Schwestern, die abwechselnd Tabletts vorbeibringen. Es gibt Brötchen, Kaffee und Tee. Die Schwester fragt nach der Art des Aufstrichs und der gewünschten Anzahl Brötchenhälften. Weil die Blutwäsche der anderen über einen der Arme läuft, werden die Brötchen fertig geschmiert auf einem Teller gereicht. Herr Mehlberg bestellt meistens fünf Hälften, zwei mit Käse und jeweils eine mit Kochschinken, Pfeffersalami und Leberwurst. Regine variiert gerne. Lucas isst immer vier Pflaume und zwei Leberwurst. Ich nehme beide Hälften mit Käse. Loch- oder Bärlauchkäse. Wenn Schwester Marina mit den schwarzen Augenbrauen da ist, essen alle mehr, weil sie zwei Mal vorbeikommt und nachfragt, ob es noch Wünsche gibt. Die übrigen Schwestern fragen nicht nach, sie räumen bloß die Teller ab.

ALLE GEGEN HERRN SCHAUER
Nils (bei Herrn Mildt, mit einem Blick zu Herrn Schauer, der gerade nach gezogener Nadel abdrückt): *Was macht eigentlich Herr Schauer? Ist der Finger noch drauf?*

Malte: *Ja, der Zeigefinger. Wieso?*
Nils: *Weil er so fragend guckt.*
Emma: *Ich kenne Schauers Blick, der guckt immer so.*
Malte: *Wie ist denn sein Blick?*
Nils: *So hilfesuchend.*
Emma: *Ich wiederhole meine Aussage.*

Vor genau zehn Jahren hatte meine Schwester Krebs. An vieles aus dieser Zeit erinnere ich mich nur verschwommen. Ganz deutlich dagegen sehe ich noch immer den Raum vor mir, den sie fast drei Monate nicht verlassen durfte. Im Zimmer nebenan lag ein Junge. Ein Sichtfenster trennte die Räume, und wann immer die beiden wollten, konnten sie einander sehen. Irgendwann begannen sie sich E-Mails zu schreiben. Manchmal ist es anstrengend, das Schicksal zu teilen, und manchmal ist man einfach dankbar, nicht allein zu sein.

In der Nacht erwacht mit Kopfschmerzen wie lange nicht. Unmöglich, ohne Tabletten weiterzuschlafen. Die Traurigkeit ist eine stetige Schwere, die doch immer wieder überrascht. Ich versuche sie abzulegen, doch weiß ich nicht, wie.

LUCAS
lässt bis kurz vor Ende der Dialyse mindestens eine Brötchenhälfte liegen, immer Pflaume.
Man muss am Schluss genießen, sagt er.
Und mit dem Pflaumenmusfinger willst du dann gleich deine Lebensader abdrücken?, fragt Carina. *Das*

will ich auf keinen Fall sehen. Mach dir die Finger sauber!
Lucas bestellt nie etwas zu trinken, er bringt immer grüne Viertelliterflaschen Mineralwasser oder Apfelschorle mit. Trotzdem fragen die Schwestern jedes Mal, ob er auch etwas trinken möchte.

HERR MATUSCHECK
ist der Einzige, der die komplette Vierstundendialyse in heruntergefahrener Liegeposition verbringt. Auf den Ohren trägt er große blaue Kopfhörer. Die Musik kommt von einem CD-Player im gleichen Blau. Nach etwa der Hälfte der Dialysezeit tauscht er die CD aus. Etwa eine weitere Stunde später nimmt er die Hörer von den Ohren und schläft die übrige Zeit. Er isst und trinkt nie etwas. Die Schwestern sagen, er mache schon länger Diät. Er ist Linkshänder und der Einzige, der den Shunt am rechten Arm hat. Wenn er geht, wird seine Dialysemaschine für den Patienten, der nach ihm kommt, von rechts nach links verschoben.

HERR BERING
hat wie ich einen Vorhofkatheter. Er ist ein ordentlicher Mensch. Die meisten vergessen, die Kopfhörer abzuschalten, sobald sie nicht mehr fernsehen, deshalb sind die Batterien ständig leer. Herr Bering vergisst das nie. Dafür bekommt er oft die, die fast leer sind. Er sagt dann: *Es rauscht, ich brauche neue Batterien.* Überhaupt sagt Herr Bering immer alles freiheraus, sofort, ohne einmal abzuwarten. Wenn er nach

der Dialyse auf der Waage steht, ruft er sein Gewicht quer durch den Raum, obwohl die Schwester noch an seinem Stuhl zugange ist. Sitzt er dann wieder bei ihr, um sich die Schuhe anzuziehen, fragt er: *Haben Sie es gehört?*

Herr Bering spricht oft mit sich selbst. *Wunderbar* oder *Die machen da harten Sport*, hört man ihn sagen, wenn im Fernsehen Olympia läuft. Kurz bevor das Klappern des Frühstückswagens von draußen zu hören ist, nimmt er die Hörer von den Ohren, stellt den Schalter von *ON* auf *OFF*. Aus seinem Beutel holt er dann seine mitgebrachten dunklen Brotscheiben, die hellen Brötchen will er nicht. Außerdem eine zusammengerollte *Bunte*, der Kopfhörer liegt noch um seinen Hals. Aus der Brusttasche zieht er seine Brille, betätigt den Knopf an der Armlehne, sodass sich der Rückenbereich weiter in die Waagerechte schiebt, und beginnt zu lesen.

Herr Bering trägt oft Karohemden, immer etwas zum Knöpfen, dazu meist helle Hosen, leichter Stretch-Jeansstoff, er sieht gemütlich aus, oder eine schwarze Adidas-Jogginghose mit roten Streifen.

JEDER GEGEN JEDEN
Herr Schauer: *Ich bin ein süßer Junge.*
(Alle lachen.)
Nils: *Was hat er gesagt?*
Mona: *Er ist ein guter Junge.*
Lucas: *Nee, ich habe* böser *Junge verstanden.*
Malte: *Nein, er hat* süßer *Junge gesagt.*
Lucas: *Jedem das, was er hören will.*

Mona: *Hat Nils schon den Blutdruck bei Herrn Mildt gemessen?*
Malte: *Nee, natürlich hat er nichts gemacht.*
Lucas: *Herrlich, was für ein Tag.*
Mona: *Ja, das wird lustig, es sind die drei Lautesten da.*
Nils: *Ich war noch nie laut.*
Malte: *Ich bin doch nicht laut!*
Nils: *Kennst du die Werbung von Käpt'n Iglo?*
Malte: *Nee.*
Nils: *Das war in den 80ern. Wann bist'n du geboren?*
Malte: *Na, auch in den 80ern.*
Nils: *Und ich dachte, in den 70ern.*
Mona: *Bei Malte war das so, der sieht nur so aus.*
Nils: *Dann war ich ja zu Unrecht sauer, dass er mich nicht zu seinem Fünfundvierzigsten eingeladen hat.*
Malte: *Das kommt alles auf meine schwarze Liste, und dann platzt die Bombe.*
Nils (zu Lucas): *Temperatur?*
Lucas: *So wie immer.*
Nils: *Du bist ja lustig. Wie soll ich mir das denn bei 72 Patienten merken?*

J. GEGEN MICH
J.: *Was machst du morgen früh?*
Ich: *Dialyse.*
J.: *Auch am Feiertag?*
Ich: *Auch am Feiertag.*

Der Morgen eines Dialysetages unterscheidet sich von dem eines jeden anderen: In der Frühe schenke ich dem Himmel mehr Aufmerksamkeit, er ist einfach nicht zu übersehen, egal ob er grau ist oder ob sich rosa Streifen durch die Ferne ziehen. Als ich aus dem Schatten der Häuserfassade auf die Asphaltbreite der Danziger Straße trete, öffnet sich vor mir das Licht des Tages. Der Himmel wird heller und weiter, der Horizont ist blau mit einem Raster aus hauchdünnen Wolkenkreisen.

Ich erwache wieder mit Kopfschmerzen – was das bedeutet, weiß ich jetzt: Mein Blutdruck ist zu hoch. Ich habe ein weiteres blutdrucksenkendes Medikament verschrieben bekommen, einen Betablocker. Noch hilft es nicht. Was ist los mit meinem Körper? Ich lese im Internet über das Medikament, möchte mehr verstehen. Ein angenehmer Sog hin zum Wissen. Experimente mit dem Stoff Propranolol hätten gezeigt, dass dessen Verabreichung nach einem traumatisierenden Ereignis eine dämpfende Wirkung auf die emotionalen Aspekte der Erinnerung habe. Mein Betablocker ist nicht Propranolol, und doch bin ich sicher: Auch meine Gefühle sind gedämpft. Ich denke an meine Mutter, und da ist sicher Enttäuschung, aber eine, die sich nicht schwer anfühlt. Eine, die mir im Moment gleichgültig ist. Ich denke an J., dass ich ihm nicht erklären könnte, was in mir vorgeht. Vielleicht aus Angst, er könnte meine Gefühle zu gut oder eben gar nicht verstehen. Mich beeinflussen, weil er keinen Kontakt mehr zu seiner Mutter hat.

Mein Blutdruck am Morgen: 210 zu 85. Sie schließen mich an, und dann kommen sie nicht nur einmal die Stunde, sondern alle zehn Minuten, messen immer wieder. Zu dritt stehen sie vor mir: Dr. Naumer, Nils und Mona. Dr. Naumer blättert in meiner grünen Akte, studiert meine Werte der letzten Wochen.
Na ja, hoch hatte sie immer mal, sagt er mehr zu sich, ein flüchtiger Blick.
Ja, aber nie höher als 170, sagt Nils.
Geben Sie ihr erst mal sechs Tropfen, sagt Dr. Naumer.
Dann kommt auch noch Malte von hinten, stellt sich zwischen Nils und Mona.
Mona schnippt ihm ins Ohr. *Sei nicht immer so neugierig!*
Ich muss an meine Schulzeit denken. Wie herumgeblödelt wurde, wie schnell man sich in Gruppen und Dynamiken wiederfand und wie sehr ich mich in diesem Augenblick dahin zurückwünsche. Wie es wäre, noch einmal so feste Strukturen zu spüren. Nicht fragen und nicht wissen wollen, was morgen kommt, weil es nicht wichtig ist, weil der Blick nicht weiter reicht.

HERR SCHAUER GEGEN MICH
Herr Schauer: *Du musst mehr essen, damit man deine Brüste sieht.*
Ich: *Die werden Sie so oder so nicht sehen.*

MADITA
ist eine der drei Schwestern, die neben dem norma-

len Dienst auch das Frühstück servieren. Madita vergisst meistens die Serviette zu den Brötchen. Sie ist unfreundlich zu allen – außer zu Herrn Mildt, den nennt sie *mein Bester*. Herr Mildt weiß, was er will: eine Schnabeltasse mit Früchtetee und zwei Brötchenhälften mit Käse, in kleine Stücke vorgeschnitten. Immer das Gleiche. Das kann sie vorbereiten, das kann sie ihm einfach hinstellen. Auf Maditas Wagen steht sein Teller immer ganz unten, den schiebt sie ihm hin, mehr braucht er nicht. Sie dreht die zweite Runde nur, um abzuräumen. Sie fragt nicht, ob man noch etwas möchte, nur bei Herrn Mildt fragt sie, dem reicht sein eines Brötchen immer, und er sagt jedes Mal: *Recht herzlichen Dank!*

DR. NAUMER GEGEN HERRN BERING
Dr. Naumer begutachtet Herrn Berings Unterarm. Der hatte vorgestern die Shunt-OP. Er fährt mit dem Zeigefinger über Herrn Berings Haut: *Spüren Sie mal selber, wie sich das anfühlt. Wie ein Kater, der anfängt zu schnurren.*
Herr Bering (fühlt): *Also, ich hab Katzen immer schwierig gefunden. Insbesondere Kater.*
Dr. Naumer: *An die sollten Sie sich jetzt gewöhnen. Sind auch ganz pflegeleicht.*

Über das Dialysegerät lerne ich: Wenn der Arterien- oder Venendruck zu hoch ist, leuchtet das grüne Licht der Maschine rot und gibt einen Ton ab. Ich fühle mich wie ertappt. Dann kommt ein Pfleger oder eine Schwester und stellt auf dem Display etwas

ein. Manchmal passiert es, wenn ich schlafe und auf der Seite liege und einer der Schläuche eingeklemmt ist.
An der rechten Lehne hängt die Stuhlbedienung mit Klettverschluss. Das Gerät piept auch, wenn die Klemme der Heparinpumpe nicht geöffnet wurde. Mona sagt: *Das hört man schon am Piepen.* Am Ende des Prozesses spielt die Maschine Musik. Man kann zwischen verschiedenen Stilen wählen. Bei Herrn Schauer läuft immer Chopin.
Je länger ich hier bin, desto öfter versucht Herr Bering Kontakt mit mir aufzunehmen. Weil wir immer den gleichen Luftlinienabstand beibehalten, kann er es nur über die Augen. Ich schaue nie absichtlich weg. Er wartet auf meinen Blick und sagt schnell ein paar Worte.

Heute ist Herr Bering der Ausreißer, der 160er. Zeigt mein Blutdruck 160, nimmt man das gelassener, das ist bei meinen Werten noch kein Ausreißer, da ist es ein Mittelwert.
Aber zu Herrn Bering sagt Mona: *Sobald Ihnen komisch wird, geben Sie bitte Bescheid.* Dabei streicht sie ihm über die Schulter, den Oberarm hinunter.
Jaja, sagt er, die Kopfhörer hat er nicht abgenommen, es scheint ihm heute gar nicht zu passen. Auf dem Bildschirm läuft Formel 1.

REGINE
ist sehr korrekt, und wenn der Wagen kommt, weiß sie genau, was sie für Brötchenhälften will. Sie sagt es

in der immer gleichen Ausführlichkeit. Nie käme sie auf die Idee, einzelne Wörter wie *Salami* und *Schinken* dahinzusagen. Sie spricht immer in ganzen Sätzen und in völliger Ruhe: *Ich möchte zwei obere Brötchenhälften mit Salami und die unteren jeweils mit Kochschinken. Auf die fünfte dann gerne Marmelade, am liebsten auf eine obere Hälfte.*
Manchmal kaut Regine schon, wenn ich morgens den Raum betrete. Immer isst sie irgendwas aus einer roten Brotbox. Manchmal denke ich, es sind Apfelstücke, dann wieder bin ich mir nicht sicher. Immer kommt ein freundliches *Hallo*.

MALTE GEGEN MICH
Malte: *Wo ist denn heute deine Lernbibliothek?*
Ich: *Die kommt noch, aber erst mal will ich schlafen.*
Malte: *Na, dann gute Nacht.*

LUCAS
Wir stehen vor dem Fahrstuhl, die Türen öffnen sich. Es braucht keine Verständigung, nicht mal einen Blick, ich gehe zuerst hinein. Er zeigt mir sein Profil, meine Augen sind auf ihn gerichtet, er ist mir ausgeliefert. Auf diese Gelegenheit habe ich gewartet. Es ist das erste Mal, dass wir zusammen im Fahrstuhl stehen.
Wie ist das eigentlich für dich?, platzt es aus mir heraus.
Du meinst die Dialyse? Wie soll's schon sein. Beschissen.
Ganz klar Lucas' Worte. Und es gibt beinah nichts, um daran anzuknüpfen. Teilt man aber ein Schicksal,

darf man alles sagen, zumindest fühlt es sich in diesem Augenblick so an. Und doch spüre ich zum ersten Mal auch, dass es für mich vielleicht leichter ist, damit umzugehen. Ich weiß, für Lucas gibt es nicht die Möglichkeit einer Lebendspende durch die Eltern. Und ich habe mitbekommen, dass er herzkrank ist. Ob das eine Nierenspende ausschließt, weiß ich nicht.

Manchmal siegt in diesen Tagen die Sonne, wenn ich von der Dialyse nach Hause gehe. Ich weiß genau, an welcher Stelle ich die Kreuzung queren müsste, um den Weg abzukürzen. Um zügig anzukommen. Meist tue ich das, wenn mir der Magen knurrt. Doch heute siegt die Sonne über die Eile. Ich bleibe an der Ampel stehen, obwohl es grün wird, um länger die Wärme auf den Oberarmen zu spüren. Das Blinzeln gegen das Licht.

Es ist die immer gleiche Hose, die ich an den Dialysetagen trage. Eine lange Laufhose, blau-violett mit jeweils schwarzen Streifen an der Seite. Meine Schwester hat sie aussortiert. Sie trug sie früher im Leichtathletiktraining, über zehn Jahre ist das her. Ich wechsle zwischen zwei, drei T-Shirts. Alles muss praktisch sein, einfach, eher dunkel, falls doch mal Blut beim Verschließen der Kanülen danebengeht. Ich entwickle eine Routine für die Dialysetage. Den Abend davor lege ich Hose und Shirt auf die Kommode neben meinem Bett. Ich bereite auch mein Frühstück vor, koche Hirse oder Reisflocken mit Obst auf, fülle anschließend alles in ein verschließ-

bares Glas, das ich neben den Kühlschrank stelle. Den Löffel stecke ich in meinen Rucksack. Ich nehme mir gern Zeit für die Vorbereitung, außerdem kann ich am Morgen länger schlafen. Der Weckalarm meines Handys ist auf 5:50 Uhr gestellt.
In den ersten Wochen benötige ich nicht viel Kleidung. Nach der Dialyse lasse ich oft die Laufhose an. Sie ist bequem und eigentlich mit allem kombinierbar. Zum ersten Mal ist es mir auch egal. Ich beginne, viele Kleidungsstücke auszusortieren. Kleidung, von der ich dachte, dass sie sich vielleicht nur gerade nicht passend anfühlen würde, irgendwann aber wieder passend werden könnte. Dass es nicht so kommen wird, ist nun viel offensichtlicher für mich. Die Stücke, die ich behalten will, werden ordentlich gefaltet. Ich versuche, Dinge bewusster zu tun, meine Aufmerksamkeit darauf zu richten. Fehlt sie mir deshalb für die Menschen, die mich umgeben? Bin ich mit mir allein, tritt sie jedenfalls deutlicher hervor.

Den Kleidungsstil meiner Mutter habe ich immer gemocht. Hin und wieder zog ich Blusen oder Jacken von ihr an. Erst heimlich, und als sie es mitbekam, durfte ich mir manchmal etwas ausleihen. Neue Kleidungsstücke führte sie mir stolz vor. *Wie findest du's?*, fragte sie mich dann.

Willst du was zum Unterlegen?, fragt meine Schwester. Ich schüttle den Kopf. *Aber nicht auf den Teppich krümeln, der lässt sich nicht waschen.*

Ich passe schon auf mit dem Kuchen, sage ich leicht genervt.
Ich erkenne die übervorsichtige Art, mit der sie versucht, etwas, das ihr gehört, vor mir zu beschützen. Es klingt, als halte sie mich für doof. Aber auch ich habe diese Art, vielleicht würde ich sogar genau das Gleiche zu ihr sagen.
Ich sitze auf einem ihrer neuen Vintage-Sessel am Fenster, dort, wo das Sonnenlicht auf den schwarzweiß gemusterten Teppich unter meinen Füßen fällt. Mein Blick streift die gerahmten Bilder über dem Sideboard. Alles ist akkurat, sauber und schön anzusehen. Ich höre den Wasserkocher in der Küche brodeln. Unsicher, wie ich sitzen soll, strecke ich den Rücken durch, kerzengerade sitze ich, den Teller mit dem unangetasteten Kuchen noch immer auf meinen Knien. Der neue Einrichtungsstil passt zu ihr. Was aber passt zu mir? Diese Frage erscheint mir so unwichtig in diesem Augenblick. Zugleich erfüllt mich eine Sehnsucht nach der alten Zeit, danach, mich auch wieder um diese Dinge zu kümmern. Mich selbst zu fragen, wie ich leben möchte.

8

SMS von meinem Vater:
So, wieder in Berlin. Hatte Dienstag Lungenfunktionstest, Kardio, Echo und Lunge röntgen. Bin am 19. mit Psychogespräch und Belastungs-EKG dran, und dann werden wir sehen. Müsste eigentlich die letzte Untersuchung sein, werde mal nachfragen, wie es weitergeht. Wir können uns ja dann vielleicht treffen und was essen gehen oder so. (dahinter ein Smiley mit Sonnenbrille)

Meine Antwort: *Ja klar, was ganz Entspanntes dann gern!* (plus ein normaler Smiley)

Ich habe gelesen, jede Niere stehe für einen Elternteil. Das halbe Leben war mein Vater nicht da. Jetzt meine Mutter.

Mir wurde nicht beigebracht zu fühlen. Mir wurde beigebracht, stark zu sein. Vielleicht stammt daher mein Wille. Das Fühlen versuche ich zu lernen. Den Willen würde ich niemals aufgeben.

Ich sitze im Halbschatten auf einer Bank im Volkspark Friedrichshain. Es ist einer dieser letzten Sommertage, an denen der Herbst sich bereits im goldenen Licht ankündigt. Erstes Laub liegt vor meinen Füßen. Ich sehe Sweatshirts und Strickjacken. Fahrräder, Federballspieler, schreiende Kinder, ein glitzerndes Hundefell. Jemand hat zwischen zwei Baumstämme eine Girlande gehängt. Für Erwachsene viel zu niedrig. Die Kinder gelangen jedoch kaum heran. Mit ausgestreckten Armen machen sie die Körper lang bis auf die Zehenspitzen. Ich denke an selbst gemachten Kartoffelsalat, an Würstchen im Glas, an offene Jacken. An den April, unsere Kindergeburtstage draußen im Grünen. Immer war es noch ein bisschen kühl. Legte sich aber der Wind, wurde es so warm, dass wir die Reißverschlüsse öffneten. Und wenn die Böen kamen, zogen wir sie wieder zu.
Wie schnell man erwachsen wird, und wie schnell man Dinge alleine meistern muss. Warum Menschen sich Kinder wünschen? Vielleicht habe ich zum ersten Mal eine Antwort gefunden, die ich wirklich verstehe. Man kennt es noch, dieses Gefühl, wenn sich jemand um einen kümmert. Manchmal wünscht man es sich einfach zurück, und weil das nicht geht, schlüpft man in die andere, neue Rolle.
Im Moment ist da kein Gefühl, wenn ich an meine Mutter denke. Weder Wut noch Traurigkeit. Ich weiß nur: Etwas ist ausgelöscht. Ich werde wissen, wann es Zeit ist, das Gefühl zu fühlen. Jetzt bin erst mal ich an der Reihe.

Malte sagt: *Ich bewerfe grundsätzlich die Patienten mit Nadeln, Spritzen, Tabletten und Pflastern.*

Madita (schreit): *HERR MÖLLER, WIE VIELE?*
Der reagiert nicht, er kann sie nicht sehen. Er schaut über Madita und den Frühstückswagen hinweg, weil er tiefer liegt und sein Blick oben zum Fernseher geht. Ihre Blickgeraden haben keinen Kreuzungspunkt. Mein Stuhl ist bis zum Anschlag nach oben gefahren, so kann ich durch die Scheibe blicken, die Herrn Möller und mich trennt. Es amüsiert mich, ihn ohne Reaktion zu sehen.
Der neben Herrn Möller: *HUHU!*
Dann reagiert er endlich: *Zwei Marmelade, zwei Kochschinken, bitte.*
Madita klatscht auf die mit Margarine vorgeschmierten Brötchenhälften den Aufstrich drauf. Immer ein bisschen zu viel.
Sie schiebt den Wagen weiter um die Ecke, ich fahre schnell den Stuhl herunter, schon steht sie vor mir.
Wie immer?, fragt sie, den Blick über die Brillenränder hinweg auf mich gerichtet.

Auf der Straße sehe ich eine Krähe mit einer Walnuss. Sie pickt immer wieder mit dem Schnabel auf der Schale herum. Die Nuss rollt ein Stück weiter, die Krähe hüpft hinterher. Ich nähere mich der Nuss, die Krähe flattert etwas in Richtung Straße. Ich zertrete die Schale, kicke die Walnussstücke in ihre Richtung. Sie versucht, so viele wie möglich in den Schnabel zu kriegen, zwei Stücke, dann noch ein drittes, da kommt eine zweite Krähe herbeigehüpft. Mein Freund ist flink genug, er fliegt davon. Bei Tieren kann ich nicht anders, sofort erfassen mich Zuneigung und der Wille zu helfen. Bei einem Menschen wäre ich wahrscheinlich scheuer gewesen.

Die Annahme, dass ich mit dem nächsten Jahr alldem wieder entfliehen kann. Die Annahme, sofort könnte alles wieder möglich sein. Wie stelle ich mir so eine Transplantation vor? Dass ich die Niere bekomme, und danach geht es weiter, als wäre nichts gewesen? Ich lese über die Risiken im ersten Jahr nach dem Eingriff und die Risiken in den darauffolgenden Jahren: Abstoßungen, Infektionen. Durchschnittlich zehn bis fünfzehn Jahre sollen transplantierte Nieren halten. Es ist ernüchternd. Zum ersten Mal bekomme ich wirklich Angst. Bisher erschien mir dieser Zustand überwindbar. Die Transplantation als Brücke ins alte Leben. Den Blick nach vorn habe ich nie hinterfragt. Doch nun wird etwas deutlich. Wie ein Fleck, der auf dem Objektiv nicht sichtbar war, sich auf der Aufnahme aber nicht ignorieren lässt. Das Organ allein reicht mir nicht, ich will die Sicherheit, dass es gut bleibt.

Morgens unter der Dusche entdecke ich blaue Flecken, Blutergüsse, und bin beunruhigt. Woher sie kommen, weiß ich nicht.
Später sagt Dr. Naumer: *Es liegt am Heparin, das die Maschine Ihrem Blut zuführt.*
Heparin hemmt die Gerinnung und verhindert, dass

das Blut in den Schläuchen der Maschine verklumpt. Das gefilterte Blut ist nach der Dialyse also eine Zeit lang noch sehr dünn.
Blaue Flecken werden Sie häufiger entdecken. Sie haben dünne Haut, Sie sind schlank, beides sind beste Voraussetzungen für Blutergüsse.

Erst als ich den Prozess der Dialyse ganz verstehe, verstehe ich auch die Lücke im System, und so wird das Frühstück zur besten Mahlzeit an den Tagen der Blutreinigung. Ich esse, worauf ich Hunger habe. Ich bestelle genau das zum Frühstück, was ich sonst nicht essen sollte. Das Frühstück ist um acht. Danach filtert die Maschine noch volle drei Stunden mein Blut. Zeit genug, um den größten Teil Kalium und Phosphat herauszuholen.

Heute servieren die beiden Blonden um sieben nach acht das Frühstück – normalerweise sind sie dafür nicht eingeteilt, vielleicht ist jemand ausgefallen. Die mit dem Tattoo am Oberarm, die in der Südsee schnorcheln und Kajak fahren war, und die Dünne mit den wasserstoffblonden Haaren. Heute ist alles anders. Die Tattoo-Frau füllt Kaffee- und Wassergläser. Die Dünne schmiert Brötchenhälften. Die beiden brauchen zu zweit viel länger als Madita allein. Sie haben keine Erfahrung mit Brötchenanzahl und Belag. Sie fragen nach, sehr höflich, lassen Zeit für Wünsche und Überlegungen. Auch das Abräumen der Teller erfolgt später, in Schüben.

Samstags ist immer alles anders. Ich muss früher los, weil die U-Bahnen in größeren Zeitabständen fahren. Wenn ich renne, schaffe ich den 15-Minuten-Weg in sechs Minuten. Noch liege ich hervorragend in der Zeit. Auf der Hauptstraße wird es lauter. Es dämmert gerade. Für den Bruchteil einer Sekunde gleitet mein Blick über ein Mädchen neben einem Jungen im Dunkel auf den Stufen eines Hauseingangs. Ihr Gesicht ist von Haaren verdeckt, die vor ihr bis zum Boden reichen. Da ist etwas, woran ich mich erinnern kann: morgendliches Frösteln, ausgetrockneter Mund, Müdigkeit. Doch jetzt fühle ich Wachheit.

An der Tramstation stehen zwei, drei Wartende. Wochentags stehen die Menschen hier in Scharen. Auf der Anzeige ist zu lesen: *14 Minuten*. Ein junger Mann raucht, die dürren Beine eng zusammengestellt. Eine Kälte, die in den Knochen steckt. Die ganze Nacht unterwegs gewesen, da ist der Körper angreifbar. Als ich die große Kreuzung erreiche, sind mehr als drei Taxen an mir vorbeigefahren. Am Späti an der Ecke läuft Beyoncé.

Herr Bering sitzt im aufgeknöpften Hemd auf seinem Stuhl. Als er rüberschaut, weiche ich seinem Blick nicht aus. Er freut sich, wenn ich ihn beobachte. Er überlegt dann, wie er mich zum Lachen bringen könnte. Sein Hemd sitzt schief, unfreiwillig komisch. Die Szene hat etwas aus einem Film: ein halb nackter Mann am Morgen im offenen Bademantel oder mit schief hängendem Handtuch. Ge-

rade hat er geduscht. Aber irgendwas geht bei dem Vergleich nicht richtig auf. Vielleicht ist es die Blässe von Berings faltiger Haut. Vielleicht sind es auch nur die medizinischen Geräte im Hintergrund, die unpassend wirken.
Zwölf Minuten, sagt er mit Blick auf die große runde Uhr an der Wand, als hätte er die Sekunden gezählt. Es passt ihm gar nicht, dass er nach dem Impfen warten muss, bis sie ihn endlich an die Maschine andocken. Nils kommt von hinten, schließt die Tür, da, wo Sebastian und Herr Seidl sich einen separaten Dialyseraum teilen. Er reibt sich die Hände, verteilt Desinfektionslösung zwischen den Fingern.
So, dann können wir ja beginnen, sagt er mit scherzhaft drohender Stimme, die immer ein bisschen zu laut ist, sodass es die gesamte Truppe hört.
Sind schon zwölf Minuten, wiederholt Herr Bering, was *zwei Minuten zu viel* bedeutet.
Nils lässt sich nicht aus der Ruhe bringen: *Wie war denn Ihr Gewicht?*, fragt er ordnungsgemäß.
Herr Bering schaut mich mit weit aufgerissenen Augen an, als könne ich ihm weiterhelfen. Ich möchte ihm sagen, dass ich auch schon mal mein Gewicht vergessen habe, dass das nicht schlimm ist, aber ich weiß keinen passenden Gesichtsausdruck dafür, also bleibt meine Botschaft wohl unlesbar für ihn. Dann ist der Moment vorbei, weil er ruckartig aufsteht, den Weg Richtung Waage nimmt. Das Hemd hat er schief zugeknöpft.
Patient ist flüchtig!, ruft Emma.

Manchmal denke ich bei der Visite im Glaskasten an ein Aquarium, in dem sich Fische unterschiedlicher Arten näherkommen. Heute aber wirkt die Visite fast wie eine Krisensitzung: Die drei diensthabenden Helfer stehen mit verschränkten Armen in sicherem Abstand voneinander.
Der verantwortliche Arzt, Dr. Nebinger, sitzt vor dem Computer, wirkt wie eingekreist von ihnen. Im nächsten Moment aber spähen ihm alle drei über die Schulter. Dr. Nebingers Brille reflektiert die Farben des Bildschirms. Er fragt Nils, ob er sich das Delfin-Video angeschaut habe. Emma will sofort den Titel des Videos wissen, woraufhin Dr. Nebinger etwas von Delfinen vor Brasilien erzählt, die den Fischern ihre Beute in die Netze treiben, um sich damit eine Belohnung zu verdienen. Jan nickt, als würde er all das bereits kennen, woraufhin Emma Nils bittet, ihr unbedingt den Link zum Video weiterzuleiten.

Welche Pizza magst du?, fragt J. per Handy.
Doppelt Käse, sage ich.
Heute mal ohne Vorsätze?
Morgen früh ist Dialyse, antworte ich, *das passt schon.*

Ich treffe ihn am Seerosenteich. Das Licht der Imbissbude und leise Musik dringen zu uns herüber, die Geräusche der Straße im Hintergrund. Die Sonne ist längst hinter den Häuserfassaden verschwunden. Wir sitzen auf der halbhohen Mauer am Wasser und essen Pizza. Manchmal schaue ich auf, und J. lächelt mich an. Ich stopfe übermütig ein viel zu großes

Stück in mich hinein, weil ich ihn zum Lachen bringen will. Mit vollem Mund frage ich, ob er den Vogel kenne, der am Tag immer zwischen den Blättern im Teich steht.
Was für ein Vogel?
Ich erzähle, dass ich den Reiher im vorletzten Jahr entdeckt habe. Er kommt von Frühjahr bis Spätsommer jeden Morgen hierher und bleibt bis zum Abend. *Manchmal steht er stundenlang im Wasser, und ab und zu taucht er den Kopf hinein, um einen Fisch zu fangen*, sage ich. *Und wenn ihm jemand zu nahe kommt, fliegt er auf den Schornstein des gegenüberliegenden Dachs.*
Ich habe oft beobachtet, wie Eltern ihren Kindern nachliefen, die, ihre Arme vorgestreckt, dem Vogel so nah wie möglich kommen wollten.
Ich habe den Reiher nie mit einem anderen Vogel gesehen, fahre ich fort. *Irgendwie traurig, und gleichzeitig hat es etwas Erhabenes, finde ich. Er braucht wohl niemanden.*
Manchmal habe ich das Gefühl, dass du auch niemanden brauchst, erwidert J. und steckt sich das Stück Tomate in den Mund, das am Boden der Pizzaschachtel geklebt hat.
Die Dinge sehen doch immer anders aus, antworte ich. Manchmal wünsche ich mir, dass man mich einfach packt und mitnimmt, und in anderen Momenten gibt es nur diese Sehnsucht, etwas abseits zu stehen.
Ich springe auf die Füße und lege J. die Hände von hinten auf die Schultern. Dann balanciere ich auf der Mauer, springe herunter, steige wieder auf die Mauer,

springe erneut. Ich drehe mich im Kreis, bis mir schwindelig wird.
Ich kann mir genau vorstellen, wie du als kleines Mädchen warst. So springst du immer noch herum, sagt er.

Als wir die Räder die Straße hinaufschieben, spüre ich die Anstrengung und Müdigkeit in meinen Waden.
Hast du die Wohnung je wieder besucht, in der du groß geworden bist?, frage ich.
Nein, antwortet er.
Ich weiß, wie schwierig es ist, in Mietshäusern nach der Vergangenheit zu suchen. Dass ich in letzter Zeit öfter darüber nachgedacht habe, erzähle ich.
Denkst du, es hat mit deinem Vater zu tun?
Kann schon sein, sage ich. *Ich habe gelesen, dass Gesten von damals ganz automatisch wiederkommen, sobald man sich in die Räume der Kindheit begibt.*
Ich hab dir das nie erzählt, erwidert J., *ich rede auch nicht gern über meinen Vater, weil er eben seit zwanzig Jahren trinkt, aber im Prinzip ist er kein schlechter Mensch. Ab und zu besuche ich ihn, auch wenn ich es jedes Mal bereue.* Seine Mundwinkel sind zu einem leichten Lächeln nach oben gezogen. *Jedenfalls setze ich mich da auch ganz automatisch auf die Couch. Ich würde nie auf die Idee kommen, etwas anderes zu tun. Wäre doch seltsam, nach so langer Zeit plötzlich etwas anderes zu tun, oder?*
Er schaut mich an, als wolle er sich versichern, dass ich es genauso sehe. Ich nicke, damit er fortfährt.
Eigentlich schauen wir jedes Mal nur fern, das beruhigt

uns beide, und hin und wieder tauschen wir dann ein paar Worte aus.
J. wechselt das Rad auf die linke Seite, sodass wir uns näher sein können. Eine Weile gehen wir schweigend nebeneinanderher.
Du weißt, dass ich nicht da sein kann?, sagt er.
Na ja, wenn mir mein Vater schon an der Backe klebt, musst du nicht auch noch nerven, sage ich in einem übertrieben coolen Ton.
Er schubst mich leicht. *He*, sagt er, *sei nicht so gemein.*
Wieder entsteht eine Pause.
Ich werde das schon schaffen, erwidere ich nach einer Weile gefasst. *Ich habe jede Menge Ausdauer, ich war im Achthundertmeterlauf immer die Erste.*
Ich weiß, sagt er, ohne aufzusehen, *daran hab ich nie gezweifelt.*

SMS von meinem Vater:
Hallöchen, war heute in der Charité. Physio okay. Leider war das Fahrrad trotz mehrmaliger Versuche nicht in Gang zu bekommen. Dienstag neuer Termin zum Belastungs-EKG. Frau Braun von der Nephrologie hat Urlaub, und ich kann erst Montag mit ihr besprechen, wie es weitergeht. Was macht die Duschabtrennung? Sollen wir uns die Woche treffen, damit ich mir das ansehe? Mach doch einen Vorschlag, ob und wann es bei dir passt.
Liebe Grüße

Häufig überfällt mich die Müdigkeit während der vier Dialysestunden so schnell, dass ich überrascht bin, wo sie herkommt. Alles wird anstrengender für meinen Körper. Ab und zu lese ich die Zeitung vom Wochenende oder ein paar Seiten in einem Buch. Aber meine Ausdauer und Konzentration werden geringer, oft setze ich nun auch die Kopfhörer auf, schaue wie Herr Bering die 6: Kabel, *Navy CIS*, außer samstags, da läuft *Hawai Five O*. Herr Bering sieht dann immer Trickfilme. Nichts tun, nur Bildern folgen.

Manchmal ist man sich ganz nah. Mundschutz an Mundschutz. Ohne ein Wort. Der Katheter befindet sich dicht am Herzen, direkt unter meinem Schlüsselbein, unter der Haut, die hier ganz dünn ist, sichtbar, wie ein Abdruck. Wenn das Pflaster zweimal in der Woche gewechselt wird, ist es wie eine Befreiung für mich. Das Reißen von der gereizten und leicht aufgeschürften Haut. Sie versuchen immer, vorsichtig zu ziehen, aber je heftiger sie sind, desto eher erscheint es wie das erlösende Kratzen, wenn es juckt, eine Genugtuung, wie der Beginn einer Heilung.
Wenn Mona meinen Abschluss macht, sagt sie wenig. Ich mache dabei mit, ohne dass es komisch ist. Ich bin sehr anpassungsfähig. Meist kaut sie auf einem Kaugummi. Anfangs hat mich das irritiert, mittlerweile entspannt mich das Geräusch. Sie ist wahnsinnig groß, sodass ich den Stuhl für sie hochfahre, damit sie sich nicht bücken muss. Fragt sie etwas, redet sie mich mit *Sie* an. Aus den Gesprächen, die ich mitgehört habe, schließe ich, dass sie selten über Persönliches spricht. Auch mit ihren Kollegen nicht.

HERR SCHAUER GEGEN ALLE

Zwei, drei Mal ist es vorgekommen, dass Herr Schauer nach der Ente rief. Wenn Madita Dienst hat, wehrt sie sein Bitten konsequent ab. Er müsse sich daran gewöhnen, dass man nicht in allen Situationen nach Lust und Laune pinkeln könne, denn so einfach sei das Leben eben nicht. Aber heute hat Jan Dienst, und Jan habe ich nie vor etwas weglaufen sehen, Jan hat auch immer gute Laune. Also schiebt er Schauer die Ente hin. Und weil Jan viel spricht, weiß man ganz genau, was er gerade macht. Auch wenn man ihn nicht sieht.

Sie müssen halten, sagt Jan, und: *Na, jetzt is es schon ein bisschen auf halb achte, geht es so?*

Herr Schauer scheint das locker zu nehmen: *Na ja, mach mal lieber auf halb neune*, antwortet er.

MADITA GEGEN HERRN SCHAUER

Madita: *Was soll auf die zweite Hälfte?*
Herr Schauer: *Pflaumenmus.*
Madita: *Das ist aus.*
Herr Schauer (zeigt auf den Essenswagen): *Und was ist das da?*
Madita: *Pflaumenmus.*
Herr Schauer: *Das nehme ich.*
Madita: *Ihr Blutzucker ist zu hoch.*
Herr Schauer: *Können Sie nicht ein Auge zudrücken?*
Madita: *Kann ich, aber nicht heute.*

J. fügt mich zur WhatsApp-Gruppe *Letzte Chance*, seiner Abschiedsfeier, hinzu.

Ich weiß nicht, ob ich kommen kann, sage ich später am Telefon. Feiern – und dann noch Abschiede – finde ich gerade seltsam. Ich fühle mich irgendwo dazwischen, vor der neuen Niere, und sowieso weiß ich überhaupt nicht, was alles kommen wird.
Für J. ist das klarer, sein Ziel ist Colorado. Ich beneide ihn dafür und schäme mich, dass ich mich nicht richtig für ihn freuen kann. Ich weiß, seine Pläne stehen schon lange fest, und ich möchte, dass er seinen Weg geht. Aber manchmal wünsche ich mir, er könnte einfach da sein, wenn es so weit ist.
Manchmal sind Menschen auch mal gut, sagt er. *Ich verstehe es,* fährt er fort, weil ich schweige. *Wenn ich wieder da bin, feiern wir den Neuanfang.*

Jan sagt: *Nieren-Lebendtransplantationen gelten heute schon als Routine-OP, und doch wirst du langsam machen müssen.*
Ich weiß, dass er recht hat. Aber die Ungeduld, genau jetzt wegzuwollen, allem zu entfliehen, ist groß.

Als würde die Zeit stillstehen, muss ich mich daran erinnern, nicht in eine Warteposition zu rutschen. Ich darf mich da nicht hineinfallen lassen, nein.

SMS von meinem Vater:
So, bin heute Fahrrad gefahren, und Überraschung, ich wurde mit einem 24-Stunden-Blutdruckmessgerät beglückt. Ist super entspannt. Alle 15 Minuten drückt jemand meinen Oberarm. Hoffe, ich fessle mich heute Nacht nicht selbst mit dem Kabel. Ist wohl die letzte

Untersuchung. Bekomme dann morgen hoffentlich einen Termin mit dem Arzt, um die Ergebnisse zu besprechen und mehr über das weitere Vorgehen zu erfahren.

Ich besitze nicht viele Erinnerungen in Form von Briefen, Postkarten oder Fotografien. Ein weißer Karton ist übrig geblieben. Daraus fische ich einen Stapel Erinnerungen, blättere sie durch. Ich sehne mich nach mehr Struktur. Ich möchte ganz genau wissen, was wichtig für mich ist und was nicht. Eindrücke, vergessene Momente kommen zurück, Fragmente setzen sich zusammen zu neuen Sichtweisen. Jedes Stück lege ich einzeln auf den Dielenboden meines Zimmers und fotografiere es. Alle JPEGs ziehe ich in einen Ordner auf dem Laptop: *Erinnerungen*. Die Originale sind nun nicht mehr wichtig. Sie passen nicht in die neue Struktur. Ich zerreiße sie und werfe alles in die blaue Tonne im Hof.

An manchen Abenden bin ich spät noch hellwach. Auf dem Weg nach Hause leuchtet das Gelb der Herbstblätter intensiver als sonst. Der Asphalt glänzt von den häufigen Regenschauern. Ich habe Reserven gefunden und gehe zügiger als an anderen Tagen.

Ich möchte das unbedingt: gewappnet sein gegen die Ängste, sobald sie spürbar sind, eine Taktik haben, um sie auszuschalten. Im Moment fällt es mir schwer, zu anderen Menschen viel Kontakt zu haben, auch zu meinen Freunden. Ich brauche das bisschen Energie, das ich habe, ganz für mich. Es ist wie ein Instinkt, der mir die Richtung vorgibt. Manchmal bin ich froh, dass Ärzte, Pfleger und Schwestern da sind. Menschen, die meine Krankenakte kennen, denen ich nichts erklären muss. Die mir nicht sagen, dass ich stark bin, ohne dass ich eine passende Antwort darauf habe.

Wenn Dr. Nebinger zur Visite kommt, streicht er mir, bevor er weitergeht, jedes Mal über die Füße. Ich nenne das den Nebinger-Reflex. Einmal möchte ich sie wegziehen, bevor er vor mir steht, auf den Moment warten, wenn er seine Hand auf die Decke legt und meine Füße nicht findet. Was sähe ich dann in seinem Gesicht? Würde er etwas sagen? Ich tue es nicht.
Manche Menschen haben diese Gabe. Durch eine beiläufige Berührung jemandem nah zu sein, Vertrauen zu schaffen.

Nicht immer ist mir klar, was mich vorantreibt, manchmal ist das wie eine Nacht, eine Landschaft. Als würde Schnee fallen und es kümmert mich nicht. Vielleicht spüre ich die Kälte, vielleicht ist sie nicht wichtig. Es ist etwas anderes da, was die Aufmerksamkeit hochhält. Eine Kraft, ein Drang.

MARINA GEGEN HERRN SCHAUER
Herr Schauer: *Der Teller ist so kalt.*
Marina: *Dann müssen Sie sich draufsetzen.*
Herr Schauer: *Dann mache ich ihn kaputt.*
Marina: *Solange kein Blut spritzt.*

9

DINGE, DIE ICH NIE GESAGT HABE

BRIEF AN MEINE MUTTER
Ich habe es gehasst, dass du dir Geld von uns geliehen hast. Wir waren viel zu jung dafür. Ich habe es gehasst, dass du immer als Erste angefangen hast zu essen, noch bevor alle anderen ihre Teller auf dem Tisch hatten. Du sagtest einmal, ich sei egoistisch, heute frage ich mich, was du eigentlich unter Egoismus verstehst.
Ich habe viele deiner Handlungen nie verstanden. Warum du das Leben führst, das du führst. Du triffst jeden Tag deine eigenen Entscheidungen, wie du leben möchtest, was du hinnehmen willst und was nicht. Wieso beschwerst du dich dann immerzu? Nur du kannst deine Dinge ändern. Ich habe es irgendwann gehasst, dich zu besuchen, weil ich bereits wusste, was kommen würde. Ich stelle mir eine ganz einfache Frage: Ob du wirklich glücklich bist, so wie du lebst?
Mein Vater wird mir eine Niere spenden. Ich habe dich mehrere Male gebeten, deine Blutgruppe ermit-

teln zu lassen. Er hat sich sofort gekümmert. Du hast so oft nicht zurückgerufen, tagelang. Immer habe ich mich gefragt, warum. Irgendwann hast du dich gar nicht mehr gemeldet.
Ich mache dir keinen Vorwurf. Ich bin glücklich mit dem, was ich habe, und weiß, wie ich sein möchte. Ich freue mich, dass mein Vater das für mich auf sich nimmt und dass es unsere Beziehung verändert hat. Überhaupt hat es alles verändert. Verstehst du das?
Du hast einmal gesagt, dass du dich bei deiner Mutter nicht meldest, weil du sie damit bestrafen willst. Und ja, ich kann mich an mehrere Phasen in der Vergangenheit erinnern, in denen das so war. In denen wir unsere Oma länger nicht sahen. Und dann bist du plötzlich wieder mit uns bei ihr aufgetaucht. *Hier bin ich*, hast du gesagt, *die Kinder haben Hunger.* Und alles sollte wieder gut sein. Ich habe sie gehasst, diese Unehrlichkeit. Eure Beziehung ist das eine, was ich aber nie verstanden habe, ist, warum du uns keine eigene Beziehung mit ihr erlauben wolltest.
Was in unserer Familie immer gefehlt hat? Kommunikation. Man spricht nicht über die Dinge. Man schweigt lieber. So bin ich aufgewachsen. Ich schreibe diesen Brief, weil ich verstanden habe, dass ich nicht so sein möchte. Dass ich Probleme nicht einfach runterschlucken will und kann, weil sie mich krank machen. Ich will sie für mich verstehen, frei werden davon.
Was ich dir wünsche? Dass du ehrlich sagen kannst, du bist glücklich.
Deine Tochter.

10

Seit Tagen trage ich diese »Erledigung« schon vor mir her. Weil es mir umständlich vorkommt, weil ich die Zeit dafür nicht habe. Das stimmt natürlich nicht. Ich brauche ein Wiederholungsrezept von meinem Hausarzt, das einzige, das auf der Dialysestation nicht ausgestellt werden kann. Heute dann nach den üblichen vier Stunden am Morgen der Entschluss: *Gut, ich gehe das jetzt an.*
Am Empfang sitzt eine blonde Frau, die ich nicht kenne, daneben die junge, mit den langen schwarzen Haaren und immer ein bisschen streng, heute hat sie jemanden am Telefon.
Die Blonde fragt: *Was möchten Sie denn?*
Ich sage: *Ich brauche ein Wiederholungsrezept.*
Dann brauche ich Ihre Karte.
Ich reiche ihr meine Krankenkassenkarte über den Stapel von Visitenkarten und wünsche mir, sie hätte statt der Schwarzhaarigen telefoniert. Eine längere Pause setzt ein, die Zeit, in der man nie weiß, wo man hinschauen soll. Ihre Stirnfalten signalisieren ein Nichtverstehen.
Propranolol, sage ich und versuche, ihr damit einen

Hinweis für eine bessere Durchsicht in meiner Akte zu geben. Sie schaut vom Bildschirm auf.
Ich muss mir hier erst mal einen Überblick verschaffen, sagt sie. Und kurz darauf: *Ich sehe, Sie haben eine chronische Niereninsuffizienz.*
Ja, sage ich, viel leiser als sie.
Sie fährt fort, mehr zu sich als zu mir, weil sie eine von denen ist, die Dinge laut sagen müssen, damit sie sie verstehen: *Ich sehe, Sie gehen zur Dialyse.* Mehr als ein *Ja* bringe ich wieder nicht heraus, und das fühlt sich mehr wie Pflichterfüllung an als tatsächlich wie etwas, was ich sagen möchte. Mein Hals schnürt sich zu, weil ich weiß, dass es alle im Wartezimmer gehört haben. Die Schwarzhaarige legt auf, schaut auf den Bildschirm der Blonden, für einen Moment stelle ich mir vor, dass sie ihr etwas sagt, aber sie tut es nicht, dann schaut sie zu mir, auf ihren Lippen ein kurzes, freundliches Lächeln. Zum ersten Mal sehe ich das an ihr, und jetzt denke ich, dass sie gar nicht streng ist, sie hat einfach nur gut ausgebildete Gesichtsmuskeln, strenge Züge, die jetzt weicher wirken. Die Blonde reicht mir meine Karte zurück.
Sie können Platz nehmen.
Danke, sage ich und spüre ganz deutlich, dass das *Danke* nicht nur der Karte geschuldet ist, vielmehr ist es ein: *Danke, dass ich gehen darf*, oder: *Danke, dass Sie aufhören, mir Fragen zu stellen.*
Im Wartezimmer ziehe ich sofort ein Magazin vom Tisch, nur um keinem Blick zu begegnen. Ich setze mich auf einen Stuhl am Fenster, von hier kann ich direkt zur Tür schauen, Richtung Anmeldung, und

habe einen guten Überblick, ich fühle mich beruhigt. Ich blättere interesselos, ein Artikel über die Galapagosinseln, ich muss an meine Biologielehrerin denken und wie ich im Unterricht vor der Klasse stand und den Mitschülern sagen musste, dass meine Schwester Krebs hatte. Ich blättere weiter, ein Artikel der Feministin Batinder, die Überschrift: *Oder auch nicht ihre Mutter?* Ich schlage die Zeitung zu. Zu viele Assoziationen. Mein Name wird aufgerufen, ich weiß nicht, ob es die Stimme der Blonden oder die der Schwarzhaarigen ist. *ZIMMER DREI*, heißt es.
Ich bin vor allen anderen dran, wenigstens dieser Moment gehört mir. Ich öffne die Tür. Diesmal muss ich nicht warten, der Arzt springt auch nicht zwischen drei Behandlungszimmern hin und her wie sonst, diesmal sitzt er schon da, ganz still an seinem Tisch, schaut mich hinter seinen Brillengläsern mit ruhigen Augen an.
Ich will Ihnen nicht Ihre Zeit stehlen, aber ich wollte Sie wenigstens kurz zu Gesicht bekommen, sagt er, *ich denke immer an Sie.*
Ich weiß nichts zu erwidern, außer dass die OP am Fünften stattfinden soll, weil es sofort aus mir herausplatzt. Er fragt dann, ob er mich umarmen dürfe, sagt, dass alles gut wird, und erzählt mir von seinem Zwilling.
Ich sage: *Sie haben mir viel erzählt, auch das mit Ihrer Frau, aber nie von Ihrem Zwilling.*
Darf ich Sie noch einmal umarmen?, ist seine Antwort. *Es wird alles gut werden, das wissen Sie, und melden Sie sich, wann immer Sie es möchten.*

Draußen regnet es jetzt, und mein Schritt ist ganz schnell, leicht fühlt er sich an. Manchmal weiß man einfach, dass die Dinge, die geschehen, nicht anders hätten kommen können. Es gibt keine Erklärung dafür, es ist etwas da, das Vertrauen gibt.

In diesem Winter fühlt sich das Ende des Jahres verfrüht an. Zum ersten Mal empfinde ich völlige Ruhe beim Gedanken an Weihnachten und Silvester. Niemand wird Erwartungen an mich haben, es wird das beste Weihnachten werden, das ich jemals hatte. Ich habe nie Angst vor dem Krankenhaus gehabt. Es mag komisch klingen, aber ein bisschen ist da eine Freude, endlich dort zu sein.
Meine Schwester fragt: *Werdet ihr im selben Zimmer liegen?*
Ich habe noch nicht darüber nachgedacht. Mein Vater hat Anspruch auf ein Einzelzimmer, er ist Privatpatient: Worüber redet man, wenn man ein Zimmer teilt und nach der Operation erwacht? Gibt es Sätze, die ich sagen muss?

Natürlich fragt man sich auch immer wieder, warum es einen trifft. Wie muss ich mir das vorstellen – aufwachen, und dann ist alles, was vorher war, vergessen? Vielleicht wird es so sein, als könne ich mich nur an das Gefühl eines Traums erinnern, nicht aber an den Inhalt selbst. Wie ein flüchtiger Duft, ein Geschmack, der auf der Zunge liegt, aber keine Worte aufruft.

Im Flur der Dialysepraxis montieren zwei Handwerker einen Wasserspender an. Der eine sagt zu Emma:
Das ist der Mercedes unter den Wasserspendern.
Unter einem Mercedes habe ich mir immer etwas ganz anderes vorgestellt, antwortet sie.

Es ist seltsam, sich zu unterhalten, wenn man sich dabei nicht sieht. Meine Maschine steht zwischen Lucas und mir. Der Fernseher läuft, aber wir nutzen die Kopfhörer nicht.
Hast du Lust zu grillen?, fragt er.
Wann denn?, frage ich, obwohl ich die Antwort weiß.
Na, heute.
Heute kann ich nicht, erwidere ich nach einer Pause, die viel zu lang ist und doch nicht lang genug, sodass die Frage vergessen sein könnte. Viel zu spät auch, als dass meine Antwort nicht enttäuschen würde. Warum ich nicht kann, sage ich nicht, und er fragt auch nicht nach. Mit einem Mal ist da keine Illusion mehr, ist alles ganz eindeutig. Manchmal wird man einfach in Dinge hineingeworfen, so wie wir.
Würde ich dir auf der Straße begegnen, denke ich jetzt, ich würde wahrscheinlich vorübergehen, ohne weiter Notiz von dir zu nehmen. Ich würde denken, du und ich, wir existieren in verschiedenen Welten. Vielleicht würdest du mir nicht einmal auffallen. Mich interessiert dein Leben nicht. Mir gefällt die Cap nicht, die du trägst. Auch deine Jogginghose mag ich nicht. Du bist ein Faulenzer. Und wie du das Wort *Leberwurst* aussprichst. Dass du dich für so wenig interessierst, dich immer wieder krankschrei-

ben lässt und fortläufst vor deinem Leben. Manchmal macht mich das wütend. Dann würde ich dich gerne schütteln, dir sagen: Mann, das ist dein Leben! Dich vor dir selbst bewahren, auch wenn ich dich kaum kenne. Doch jetzt weiß ich, dass ich hinaus bin über diesen Punkt. Es ist mir nicht mehr möglich, denn ich kann dich nicht mitnehmen von hier. Mein Weg ist ein anderer, und die Kraft, die ich habe, brauche ich für mich allein.

Es fühlt sich an wie ein Anziehen und Abstoßen zugleich. Ich muss an das Organ denken und ob das Jahr, das auf mich zukommt, wie eine Zeitbombe wirken wird. Es heißt, im ersten Jahr könne alles passieren. Hat man das erste Jahr überstanden, wachse auch die Wahrscheinlichkeit, dass das Organ bleibt. Ich weiß nicht, ob ich werde reisen dürfen. Noch will ich es auch nicht wissen, ich möchte mir die Träume und Bilder erhalten.

Von Samstagnachmittag bis Montagabend ist der längste Zeitraum ohne Dialyse. Zwei ganze Tage ohne Müdigkeit und Schwindel. Jeden Dienstagmorgen zeigt die Waage an, dass ich erheblich an Flüssigkeit zugenommen habe, auch wenn ich es kaum spüre. Mittlerweile entzieht die Maschine meinem Körper dann bis zu zweieinhalb Liter der angesammelten Menge. Einfache Daten, in wenigen Sekunden über das Display eingegeben.

Ohne die zwei Stunden Schlaf am Nachmittag schaffe ich es nicht mehr durch den Tag. Der Körper wird mir schon sagen, was er braucht, habe ich immer gedacht. Aber das ist nicht richtig. Außen und Innen sind zwei völlig verschiedene Systeme. Ich habe gelesen, dass ein Dialysepatient, der zwei Wochen nicht an die Maschine kommt, in Lebensgefahr gerät.

Ich habe mir nie Gedanken darüber gemacht, wer da sein wird für mich, wenn ich im Krankenhaus bin. Oft denke ich, die Dinge entwickeln sich einfach und dass ich sehen werde. Als ich das erste Mal bei der Dialyse gefragt wurde, wer im Falle des *Wenn* benachrichtigt werden solle, habe ich ohne Zögern Name und Handynummer meiner Schwester genannt. So wird es auch für diese Zeit im Krankenhaus sein.
Ich denke an unsere Kindertage. Daran, wie wir sonntagmorgens Brötchen kaufen gingen, wenn unsere Mutter noch schlief. Meine Schwester aß ihr Mohn- und ich mein Käsebrötchen unterwegs. Wir wollten immer die gleiche Auswahl. Heute gibt es so vieles, was sie nicht weiß von mir – und ich nicht von ihr. Ich habe nie die Art Gespräch mit ihr geführt, die ich mit Freunden führe. Und dennoch ist sie der vertrauteste Mensch in meinem Leben. Wenn ich niemanden sehen möchte, ist sie die Einzige, die ich treffen kann. Ihr muss ich mich nicht erklären.

Meine Schwester über WhatsApp:
Ich nehme mir frei für den 5., ja, dann komm ich da ins Krankenhaus. Leo weiß Bescheid.
Ich: *gut!*

Jetzt ist es also offiziell, denke ich. Ich frage nicht, wie es für sie sein wird, auf unseren Vater zu treffen, den sie seit Jahren nicht gesehen hat. Ich glaube, es ist nicht notwendig, darüber zu sprechen. Sie ist darauf vorbereitet, also wird sie auch über die Möglichkeiten des Umgangs nachgedacht haben.

Ich lebe mit meiner Mutter und meiner Schwester in einem großen Miethaus. Beinah zufällig trete ich in die Wohnung der Nachbarn ein, die teilweise abgerissen ist, sodass ich direkt an einem Hafen stehe. Ein Mann sagt: *Eure Wohnung werden sie auch abreißen.* Am nächsten Tag komme ich in die halb leer geräumte Küche, die Wände sind vom nahen Wasser feucht. Ein Teller mit Sandwiches steht auf dem Tisch. Ich bin erschrocken, weil ich nicht damit gerechnet habe, dass es so schnell gehen würde. Ich esse ein Sandwich. Ich treffe auf meine Oma, die uns eines ihrer umgebauten Zimmer zeigt. Es erinnert mich an eine Installation. Sie sagt: *Oder ihr wohnt erst mal hier.* Das ist ein nettes Angebot, aber der Ort, an dem sie wohnt, ist viel zu weit weg für mich.

Ich bin gelassener geworden, wenn ich an meine Mutter denke. Es fühlt sich an wie Akzeptanz. Ich habe keine Erwartungen mehr. Ich muss nach vorne denken, einfach weil es um mein Leben geht.

MADITA GEGEN EMMA
Madita verlässt den Raum, bleibt vor den Schränken im dunklen Gang stehen.

Madita (schreit): *WAS will ich denn HIER?*
Emma (schreit aus dem Glaskasten zurück): *DU WOLLTEST DEN WAGEN MITNEHMEN UND KOCHSALZNITRAT MITBRINGEN!*
Madita (schreit immer noch): *NEE. JA. DANACH. GLEICH.*

Ich habe Kinderkriegen nie als Bedingung für ein erfülltes Leben gesehen. Im Gegenteil, ich kann mir mein weiteres Leben ohne Kinder sehr gut vorstellen. Aber wenn ich heute Kinder auf der Straße sehe, wünsche ich mir manchmal nichts mehr als diese Unbekümmertheit zurück, mit der sie Eis essen oder Fahrrad fahren. Als wären sie vor allem sicher, was da kommt. Der Automatismus des Bildes ist für mich nicht mehr wegzudenken: dass sie alles noch vor sich haben.

Sie stehen jetzt übrigens auch auf der Warteliste für Eurotransplant, sagt Dr. Diehl.
Mein Vater zieht den Reißverschluss seiner Winterjacke zu, Dr. Diehl reicht der Sekretärin unsere roten Mappen, die sich in den letzten Monaten erheblich gefüllt haben.
Machen Sie bitte einen Termin für die beiden Donnerstag früh, sagt er und lässt den grünen Kuli in einer seiner Kitteltaschen verschwinden.
Wir stehen im Türspalt des Transplantationsbüros, draußen auf dem Gang sind die Stuhlreihen inzwischen leer, es ist kurz nach drei, hier ist der Tag viel früher zu Ende.

Er sieht mich wieder an.
Wir würden Sie dann anrufen, und Sie müssten sofort ins Krankenhaus kommen, fährt er fort.
Ich frage: *Muss ich Ja sagen?* Im nächsten Moment beiße ich mir dafür auf die Lippen. Ob ich diese Frage überhaupt denken darf, geht es mir durch den Kopf. Als hätte ich einen Anspruch gestellt, der mir nicht zusteht.
Natürlich müssen *Sie das nicht*, sagt Dr. Diehl. Mehr sagt er nicht, weil deutlich ist, dass jede Entscheidung nachvollziehbar wäre.

Die Liste von Eurotransplant funktioniert ohne Wartezeit. Wenn ein Mensch stirbt, dessen Niere zu hundert Prozent immunologisch mit meiner Niere übereinstimmt, bekomme ich dieses Organ unabhängig von einer Warteliste angeboten. *Full-House-Match*: die Übereinstimmung aller relevanten Werte. Das Organ hat dann eine sehr große Überlebenswahrscheinlichkeit. Etwa zwanzig Prozent der postmortalen Nierenspenden sind Full-House-Matches.
Während ich meinem Vater durch das Treppenhaus nach unten folge, denke ich das erste Mal, dass das Organ eines nicht Verwandten mir »fremd« sein könnte. Die Niere meines Vaters kommt mir nicht in der gleichen Weise fremd vor, obwohl unsere Übereinstimmung nur bei maximal 97 Prozent liegt. Somit wäre ein Full-House-Match die bessere Wahl.

Man sagt, die Grenze zwischen Eigenem und Fremdem verschwimme. Patienten entwickelten nach

Transplantationen einen medizinisch-instrumentellen Blick auf sich selbst. Andere gäben dem Organ einen Kosenamen.

Wir neigen dazu, Dinge aufheben zu wollen für eine Zeit, die möglicherweise niemals kommt. Die Vorstellungskraft ist am größten, wenn ein Schritt noch nicht getan wurde. Denn genau dann ist noch *alles* möglich. Ein Zustand, der uns angenehm erscheint.

Eine Mischung aus Lila und Rosa, sagt Emma.
Von da, wo wir liegen, ist der Himmel nicht zu sehen, wir blicken nur auf eine weiße Hausfassade, die das Licht des Himmels reflektiert. Ein leichtes Lila. Ich fahre den Stuhl bis ganz nach oben, um rechts durch die Sichtscheibe zwischen Herrn Schauer und mir zum anderen Fenster zu sehen. Gen Osten, wo jetzt die Sonne beinah senkrecht steht. Ich kann ihn trotzdem nicht sehen, den Himmel, ich müsste schon direkt am Fenster stehen.
Das Dialysezentrum ist zu einem Ort geworden, an dem ich jede Stelle zu kennen glaube. Immer, wenn ich zur Decke sehe, schaue ich sie an, als wären dort oben Sterne verborgen, die ich nur wahrnehmen kann, wenn ich ganz genau hinblicke. Es bleiben wenige Zentimeter zwischen Armlehne und den darunterliegenden zwei Schläuchen, die das Blut über den Venenkatheter unter meinem Schlüsselbein zur Maschine transportieren. Immer habe ich den Knopf kurz vorher losgelassen. Ich frage mich, was passieren würde, wenn ich nicht losließe. Wenn ich die Schläu-

che von der Armlehne abklemmen ließe. Wann registriert die Maschine den Fehler? Wann beginnt sie zu piepen?

Die Zimmerdecke wird von den Lichtkegeln der Wandleuchter erhellt. Ich zeige auf orangebraune Flecken dort oben, und wir denken uns verschiedene Ursachen aus.

Kaffee, sage ich.

Blutspritzer, meint Lucas, *nein, Ammoniak*.

Malte sagt: *Das ist Eisen*.

Mona schaltet die Deckenfluter hinter unseren Stühlen aus. *Schaut mal*, sagt sie, ihr Blick geht Richtung Fenster, *jetzt ist die Hauswand gelb*.

11

Zur Dialyse bin ich heute früh das erste Mal nicht im üblichen Rhythmus gegangen. Ich bin freudig aufgeregt, weil die Routinen durchbrochen werden. Mein Vater und ich sind um neun Uhr zur Vorbereitung im Transplantationsbüro der nephrologischen Ambulanz mit Frau Dr. Braun verabredet. Am Ende des schmalen Korridors hinter den Sprechzimmern und einer voll besetzten Stuhlreihe klopfe ich an der Tür. *Moment*, sagt eine Stimme.
Unschlüssig lehnen wir uns an die Wand. In der Enge des Flurs fühlt man sich immer im Weg. Viele Stühle sind von Patienten belegt, die regelmäßig kommen. Wenn vor der letzten Tür haltgemacht wird, wissen sie, was ansteht. Frau Dr. Braun lässt uns noch warten, also studiert mein Vater die Aushänge an der Pinnwand. Danksagungen von bereits Transplantierten. Flüchtig lese ich die Überschrift eines Zeitungsausschnitts aus dem *Berliner Kurier*: *Oma spendet Enkel Niere.*
Sieben Stunden gehen wir von Aufklärungsgespräch zu Aufklärungsgespräch durch verschiedene Stationen. Von der Nephrologie zur Urologie, dann sitzen

wir beim Anästhesisten. Am späten Nachmittag treffen wir Dr. Diehl an der türkisfarbenen Stuhlreihe wieder. Um uns herum ist es ruhig geworden. Die Untersuchungsräume für Patienten von außerhalb sind geschlossen. Er nimmt uns die roten Mappen ab, die wir den ganzen Tag bei uns getragen haben. Alle Formulare sind nun vollständig. Wir unterhalten uns leise, trinken Kaffee aus dem Automaten. Jetzt spüre ich deutlich, dass Dr. Diehl diesen Plan mit uns geschmiedet hat, den wir zu dritt durchziehen werden. Er faltet die Hände im Schoß.
Für heute haben Sie es beide geschafft.
Ich spüre die Anstrengung des Tages. Nicht im Körper, vielmehr vor meinen Augen. Lange kann ich nicht mehr hier sein und freue mich, dass unsere Wege sich für heute trennen.
Eins möchte ich aber unbedingt noch erwähnen, sagt Dr. Diehl zu meinem Vater gewandt. *Was die postoperative Phase anbelangt, werden wir Ihnen immer freundlich Guten Morgen sagen, uns dann aber sofort Ihrer Tochter zuwenden, nehmen Sie das auf keinen Fall persönlich. Finden Sie sich so schnell wie möglich damit ab, auch wenn Sie eine Niere abgegeben haben. Alle wollen natürlich sehen, welche Fortschritte Ihre Tochter macht, wie es ihr geht.*
Mein Vater lächelt gutmütig. *Verstehe*, sagt er dann, blickt auf die Uhr. *Ich sollte jetzt los, sonst komme ich noch zu spät zur Ethikkommission.*
Sie schaffen das schon, antwortet Dr. Diehl. *Die stellen Ihnen nur Routinefragen. Und Sie müssen sagen, dass Sie kein Geld von Ihrer Tochter für die Spende bekommen.*

Ich habe meinen Vater nie gefragt, warum er oft keinen Unterhalt für uns gezahlt hat. In diesem Moment muss ich daran denken, wie unsinnig diese Frage ist. Ich weiß, er war hoch verschuldet. Auf seinen Weihnachtskarten hat er sich jedes Mal dafür entschuldigt, dass es ihm nicht möglich sei, uns Geld zu überweisen. Lange haben mich diese Worte wütend gemacht, bis er verstanden hat, dass es um Geld nicht mehr ging.

Am dunkelblauen Himmel liegt ein Gebilde aus flauschigen weißen Wolken, deren Bewegung ich nur wahrnehme, wenn ich stehen bleibe. Hin und wieder bremst mich eine kräftige Windböe. Es ist das erste Mal, dass ich an einem Freitag zur Blutreinigung gehe, um den verpassten Dialysetag nachzuholen.
Ich sitze da, wo sonst Regine sitzt. Direkt neben dem Platz von Herrn Schauer. Auf Herrn Mildts Platz hat sich ein Mann Mitte vierzig mit Brille und aufgeschlagener Zeitung eingerichtet. Der Mann daneben erwähnt gerade einen Palazzo, er spricht sächsisch. Rechts von mir befindet sich die Waage, auf der morgens alle zweimal draufstehen. Ich kann nun die Gesichter sehen. Wie sich die Blicke verändern, sobald das Gewicht auf der Anzeige erscheint.
Die neue Gruppe ist mir fremd. Ich bin ein Neuankömmling, eine Beobachterin, nur für diesen einen Tag hier, es gibt keine Motivation, die Gruppe zu verstehen, ein Teil davon zu werden. Unter diesen mir fremden Menschen spüre ich zum ersten Mal, dass ich die Dialysezeit auch anders hätte wahrneh-

men können, wäre mein Behandlungsrhythmus um nur einen Tag verschoben gewesen. Was hätte ich hier erfahren und was nicht? Mir wird bewusst, wie dankbar ich für meine Gruppe bin.
Noch vor dem Frühstückswagen steuert Dr. Naumer zielstrebig auf mich zu. Die Visite im Uhrzeigersinn hat er noch nicht begonnen.
Ach, sagt er. *Auch wenn es sich gewaltig anfühlt, was da auf Sie zukommt. Sie können darauf vertrauen, dass Sie in besten Händen sind.*
Weil das Gefühl aus Leichtigkeit, Aufregung und Ungewissheit in meinem Bauch so mächtig ist, fallen mir nicht die richtigen Worte ein. *Danke*, sage ich, mehr nicht.

Später kommt Jan aus dem zweiten Stock, überreicht mir *Der Fremde* von Camus und kniet sich dann neben meinen Stuhl hin. Ich denke an das Organ, an J., an meinen Vater und an Jan, der ganz selbstverständlich meine Hand drückt. Ich lasse alles geschehen. Zu ihm passt dieses Verhalten. Er denkt nicht darüber nach, was angemessen ist. Er überlegt nicht vorher, ob er etwas tun soll oder nicht. Mit einem Mal ist es, als hätten sich Teile eines Puzzles zusammengefügt: Ich sehe den ganzen Menschen, und jede Verhaltensweise an ihm erscheint mir natürlich. Man fühlt Bewunderung für jemanden, ohne dass man ihn lange oder richtig kennen muss. Man sieht, wie diese Person sie selbst ist. Auch bei Jan kann ich es sehen. Und ich denke: So wie er will ich das auch können, ich selbst sein.

Ich verändere mich, werde durchlässiger. Mein Panzer öffnet sich. Ein Schutz, den ich bereit bin aufzugeben, vielleicht weil es auf natürliche Weise geschieht, sobald einem Offenheit entgegengebracht wird, durch die man selbst verletzlich wird.
Als Nils in weißem T-Shirt und weißer Hose eintrifft, bleibt er mitten im Raum stehen und reibt sich die Hände. Eine Handlung, die ihm dabei hilft, den nächsten Schritt zu tun. In der Unfähigkeit der Bewegung erkenne ich mich wieder. Oft brauche ich länger als andere, um zu verstehen, was ein Satz, eine Handlung meines Gegenübers auslöst, und reagiere verzögert. Es hat mit dem Wunsch zu tun, Haltung zu bewahren. Er grinst mich an, Nils weiß, ich beobachte ihn. Da fängt das Denken an und hält mich ab vom Eigentlichen. Man muss nicht sofort reagieren. Aber man muss auch nicht immer erst Haltung bewahren. Immer wieder wird mir von anderen Menschen gesagt, sie wüssten nicht, was zu sagen richtig, welche Reaktion angemessen sei auf meine *Situation*. Wie fühlt es sich denn an?, möchte ich dann fragen. Oft wünsche ich mir auch nichts mehr als Regeln, nach denen ich mich verhalten kann. Sich auf etwas berufen zu können, schafft Sicherheit. Aber ich habe gemerkt, dass ich die angemessene Reaktion jetzt nicht brauche. In der Hilflosigkeit des Gegenübers liegt viel mehr Anteilnahme, ja Eingeständnis.
Von meinem neuen Platz ist der Blick aus dem Fenster frei. Vor der weißen Hausfassade wirbeln rotbraune Blätter. Ein strahlender Himmel, als würde hier drüben die Sonne immer scheinen.

Sie haben jetzt sozusagen die Zielgerade erreicht, sagt Madita.
Ich lächle, doch ich bin mir nicht sicher, ob sie es unter meinem Mundschutz sieht.
120 zu 80, sagt sie und legt den Blutdruckmesser auf der Armlehne ab, ohne den Klettverschluss von meinem Oberarm zu lösen. Dann greift sie wie immer ein bisschen grob nach meinem Handgelenk, um den Puls zu messen.

LUCAS
Ich frage mich, wie es für ihn war, als die Übrigen mir alles Gute und ihre Wünsche aussprachen. Wie fühlt es sich an, wenn man sieht, jemand anders hat das Glück einer Spende? Empfindet man es auch so, als *Glück*? Er konnte nicht weg für den Moment. Er konnte sich nur abwenden und schlafen, und das tat er. Es war der erste Tag, an dem er keine Brötchen bei Madita bestellte. Er wollte nichts. Ich fragte ihn nicht, warum. Wäre er jemand anders gewesen, vielleicht hätte ich es getan. Vielleicht war ich feige.

Mit einer Freundin habe ich draußen gesessen. Von der Parkbank gehe ich den kurzen Weg nach Hause beglückt und leicht durch eine ungewöhnlich milde Nacht. Mit den Gläsern und der halb vollen Weinflasche unter dem Arm ist es mir egal, was die Menschen denken. Ich stelle mir vor, wie es wäre, jetzt neben J. zu gehen, ein einfaches, gutes Gespräch zu führen. Nicht: Er fehlt mir.

Mit der Schnelldesinfektion besprühe ich die Holzplatte meines Schreibtischs und wische die Fläche mit einem Geschirrtuch ab. In einem Halbkreis positioniere ich Hinweise auf die Aufgaben, die ich bis heute nicht erledigt habe. Die Belegmarke meiner zum Schuster gebrachten Schuhe. Die neu gekaufte Fahrradklingel, die belichtete Filmrolle. Ich beschrifte Schilder und stelle sie dazu:
Schuhe abholen, Ecke Schönhauser und Pappelallee
Fahrradklingel anschrauben (habe keine Schraubenzieher), auch Reifen aufpumpen
Filmrolle zum Entwickeln bringen, beim Abholen erst schauen, ob sie brauchbar sind (nur Probedrucke)
Ich setze kein *Bitte* hinzu, ungewiss, ob es einem anderen Adressaten als mir gelten könnte. Laut den Ärzten werde ich zehn bis vierzehn Tage im Krankenhaus bleiben müssen. So weiß ich wenigstens, was danach zu tun ist.
Ich habe mich oft gefragt, warum viele Menschen ihre Wohnung aufräumen, bevor sie länger wegfahren. Weil sie sich freuen, in eine saubere Wohnung zurückzukommen? Oder weil die Vorstellung besteht, dass jemand anders die Dinge vorfinden könnte? Ist da der Gedanke, sie könnten nicht zurückkommen? Meine Zusammenstellung ist nicht zu übersehen, man würde sie sofort finden. Wer wäre derjenige, was würde er denken? In jedem Fall stelle ich mir die Entdeckung als amüsant vor. Vielleicht will ich auch einfach mit etwas nicht fertig sein, bevor ich gehe.

Auf meinem Display finde ich einen Anruf von Dr. Diehl in Abwesenheit. Sofort dieses Gefühl, als hätte ich im Treppenhaus eine Stufe vergessen. Ich denke, dass etwas mit den Blutergebnissen nicht stimmt, biege zügig in eine Seitenstraße ein, die Verkehrsgeräusche werden leiser. Ich suche Sonnenlicht und entdecke eine schmale Fläche neben einem roten Kombi. Dort bleibe ich stehen, ziehe die Handschuhe aus, um zurückzurufen. Er nimmt nicht ab. Auf dem Pflaster gehe ich die Schritte bis zur Grenze zwischen Licht und Schatten, dann drehe ich um. Nun ertönt ein Besetztzeichen. Ich versuche es mehrere Male. Nervös bin ich, dann endlich das Freizeichen. Ich warte.

Ihr Vater rief mich heute Morgen an, sagt Dr. Diehl. Er sagt selten *Hallo*, ist immer gleich bei der Sache. Nicht ungeduldig oder hektisch, seine Stimme ist vielmehr leise, geduldig und freundlich. Sie hat etwas Beruhigendes, und auch jetzt hat sie diese Wirkung. Er macht Pausen während des Sprechens. So bleibe auch ich still, geduldig, bis er sagt: *Er ist erkältet. Aber es ist nicht schlimm bisher. Wie geht es Ihnen? Haben Sie irgendwas?*

Nichts, sage ich. *Ich fühle mich gesund. Sie wissen, wie ich das meine.*

Und ich stelle mir vor, wie seine Mundwinkel zu einem Lächeln nach oben wandern. Lachen hören habe ich ihn allerdings noch nie.

Gut. Erst mal verhalten wir uns so, als würde die OP stattfinden, sagt er, und als spüre er meine Frage, was das genau heißen soll, fügt er hinzu: *Das heißt,*

Sie kommen am Sonntag wie verabredet ins Krankenhaus.
Gut, sage ich.
Am Ende entscheiden immer die Ärzte, sagt er und meint damit diejenigen Kollegen, die uns operieren werden. *Bleiben Sie gesund bis dahin.*
Dann legen wir auf.
Es wird schon klappen, versuche ich mir einzureden. Mittlerweile sind meine Fingerspitzen von der Kälte taub, schnell suche ich den Kontakt meines Vaters und tippe *Wie geht's dir?* ins Nachrichtenfeld ein und betätige den *Senden*-Button. Es passt alles so gut zusammen, denke ich mir, zum Jahresende.

Die Knie umklammernd hocke ich in der Badewanne. Ich denke: ein Vogel. Alles Gewicht auf die Ballen legend versuche ich, dem heißen Wasser Millimeter um Millimeter zu entkommen. Bis zu den Waden spüre ich den stechenden Schmerz. Ich denke: Brennnesseln. Während das Wasser dampft, wird dem Körper Wärme entzogen, er zittert vor Kälte, ein Zustand von Uneinigkeit.
Als ich mich in dieser Position nicht mehr halten kann, lasse ich mich auf die Füße sinken. Der Schmerz verklingt, sobald sich der Körper daran gewöhnt hat. Dann fühlt er wohlige Wärme. Ich denke: Ich könnte Stunden dasitzen, so in der Schwebe. Aus dem Glas auf der Fensterbank angle ich Rasierer und Nagelschere, reihe die Gegenstände vorsichtig hinter die kleine Dose mit Heilerde auf dem Badewannenrand ein. Immer wieder schöpfe

ich Wasser mit den Handflächen, versuche, die Wärme auf Oberarmen und Brust zu verteilen, den Katheter spare ich aus.

Auf was ich mich wirklich freue, wenn das alles vorbei ist? Auf eine ganz normale Dusche, auf Wasser von oben direkt über meinen Kopf. Und danach: Tomatensoße. Simple Tomatensoße. Die habe ich seit vier Monaten nicht mehr gegessen. Tomaten sind Gift für meinen Blutkreislauf.

12

Mein Telefon klingelt um kurz vor fünf. Er ist viel zu früh, denke ich.
Ich sitze unten, sagt mein Vater mit einer Stimme, die Anzeichen einer Erkältung zeigt.
Ich brauche noch etwas, sage ich.
Im Taxi, erwidert er.
Aber du bist viel zu früh, mein Kühlschrank ist noch nicht abgetaut, und ich muss alles noch mal auslegen. Ich ärgere mich, denn ich habe gewusst, dass er zu früh sein würde. *Fahr lieber schon mal vor.* Ich versuche, nicht genervt zu klingen.
Nein, dann lass ich das Taxi stehen, und wir nehmen ein neues, sagt er.
Okay, komm hoch.
Ich höre seine Schritte im Treppenhaus, und als er in der Küche steht, sagt er *Hallo, hallo, ja* und reibt sich die Hände. Ich weiß, er erwartet eine Umarmung, also umarme ich ihn etwas umständlich wegen der gepackten Sporttasche über seiner Schulter. Dann widme ich mich wieder dem Boden vor dem Tiefkühlfach.
Brauchst du Hilfe?

Nein, nein, ich bin sofort fertig. Seit einem Jahr will ich das schon erledigt haben. Es braucht bestimmte Anlässe, denke ich.

Auf der Station weist uns eine Schwester das Zimmer 11 zu. Am Fenster steht ein Bett, mit Folie überzogen, in einer Nische gegenüber ein Holztisch, zwei Stühle. *Mit dem zweiten Bett warten wir lieber noch, wir wissen ja nicht, ob Sie bleiben, verstehen Sie?*, sagt die Frau und schließt die Tür hinter sich.
Ich setze mich ans Fenster, suche mein Buch im Rucksack und finde den Umschlag mit dem Bogen der Patientenumfrage, den man hinterher ausfüllen kann. Eine der Fragen lautet: *Wie hat Ihnen der Aufenthalt bei uns gefallen?* Ich zerknülle das Papier und stopfe es in den Rucksack zurück.
Mein Vater streift im Zimmer umher, öffnet eine Schranktür und starrt hinein, viel gibt es hier nicht zu entdecken. Er schleicht ums Bett herum, lehnt sich gegen den Heizkörper am Fenster, nicht weit von mir.
Hauptsache, die ist auf volle Pulle, sagt er und dreht den Regler runter.
Es klopft, und die Schwester kommt zurück.
Sie können jetzt zum Ultraschall, sagt sie zu meinem Vater und reicht ihm ein Formular.
Jetzt doch noch mal die Lunge?
Die Ärzte wollen wohl sichergehen.
Eine Lungenentzündung habe ich aber sicher nicht.
Sie wissen nicht, was ich schon alles erlebt habe, kontert sie.

Nicht wegrennen!, ruft mein Vater mir zu, bevor er die Tür schließt, um auf die andere Station zu gehen. Ich muss schmunzeln, zugleich bin ich erleichtert, allein zu sein. Der Wunsch ist nun ganz deutlich: Die Operation soll morgen stattfinden.
Draußen auf dem Flur ist es leise. Sonntagabende spürt man auch im Krankenhaus. Ich nehme eine der leeren Plastikflaschen aus dem Regal, das mit *sauber* gekennzeichnet ist, stelle sie unter den Wasserspender und drücke den Knopf mit dem Symbol einer Welle. Zurück im Zimmer, drehe ich den Heizungsthermostaten wieder auf und höre das Rauschen. Allein komme ich gut zurecht, so war es schon immer. Sobald jemand bei mir ist, wirken andere Kräfte.

Überraschung, ich habe keine Lungenentzündung, sagt mein Vater.
Über eineinhalb Stunden verharren wir in Zimmer 11, ohne dass uns jemand Auskunft gibt, wie es weitergeht. Die Plastikfolie auf dem Bett lassen wir unangetastet. Schließlich schlägt auch mein Vater ein Buch auf. Er liest darin keine fünf Minuten, bis er wieder im Zimmer umherstreift.
Es gibt sogar einen Föhn, ruft er aus dem Badezimmer, *nicht dass ich den brauchen könnte.*
Ich bin etwas genervt, weil er fast ununterbrochen redet. Nie weiß ich, ob er eine Antwort erwartet. Ich kenne das nicht, und es kostet mich Energie. Jetzt werde auch ich nervös.

Dann wird endlich ein zweites Bett hereingeschoben.
Sie bleiben erst mal, sagt die Schwester.
Ich bin erleichtert.
Der Spender ans Fenster, der Empfänger an die Tür, kommandiert sie.
Meinetwegen. Aber sie kann gerne auch das Bett am Fenster haben, sagt mein Vater und meint mich.
Ihre Tochter kommt an die Tür, kommt es umgehend zurück, *sie muss nach der Operation jeden Tag zum Ultraschall. Da ist es eine erhebliche Arbeitserleichterung, wenn das Bett nicht immer vom Fensterplatz wegmanövriert werden muss.*
Die Sätze der Schwester klingen routiniert. Sie wartet nicht auf eine Antwort. Mein Körper reagiert mit einem Automatismus: Ich stehe auf, lege Rucksack und Buch auf das mir zugewiesene Bett. Die Schwester kennt sich in ihrem Bereich aus, sie ist eine, die Entscheidungen trifft, denke ich.
Ich nehme den Türplatz, sage ich freundlich.
Damit ist jede Auseinandersetzung beendet, und auch mein Vater richtet sich still auf seiner Zimmerseite ein.
Machen Sie es sich gemütlich, sagt die Frau. *Auch wenn der Anästhesist morgen das letzte Wort hat, tun wir jetzt erst mal so, als würde alles stattfinden wie geplant. Das heißt auch*, und sie unterbricht ihren Satz, während sie aus einer der Taschen ihres Longshirts eine limettenfarbene Verpackung zieht, *das heißt auch, Sie müssen sich jetzt den Bauch rasieren.*
Dann legt sie meinem Vater eine Tube Enthaarungscreme aufs Bett.

Na, das könnte etwas dauern, sagt er nur.
Und unbedingt alles fünfzehn Minuten einwirken lassen, erwidert die Schwester. *Sollten Sie morgen doch nicht operiert werden, haben Sie das mit dem glatten Bauch wenigstens schon mal probeweise gemacht.*
Einen glatten Bauch habe ich mir immer anders vorgestellt, sagt er.
Die Schwester zwinkert ihm zu.

Ich lege mich aufs Bett, schiebe die Füße unter die Decke und schlage mein Buch auf. Mein Vater blättert den Beipackzettel für die Enthaarungscreme durch und beginnt laut vorzulesen. Ich weiß wieder nicht, ob er sich einen Kommentar wünscht, und sage nichts. Ich denke, er will mich an allem teilhaben lassen. Ich bin mir nicht sicher, ob ich das kann. Doch ich verbiete mir eine Reaktion. Erst müssen wir die Operation zusammen schaffen.
Er zieht sich bis auf die Unterhose aus, breitet ein Handtuch über das Bett und verstreicht im Liegen die halbe Tube Creme auf seinem Bauch. Ein chemischer Geruch macht sich breit. Ein paarmal beobachte ich ihn aus den Augenwinkeln. Dann kann ich es nicht mehr unterdrücken. Ich bin verärgert, dass er es nicht im Badezimmer macht. Ich versuche, es mir so zu erklären, dass er von alleine wohl nie auf die Idee kommen würde, eine Viertelstunde im Bad zu verbringen. Er hat nur praktisch gedacht. Das kommt mir verständlich vor.
Um mich bettfertig zu machen, nehme ich meine Schlafsachen mit ins Bad und verschließe die Tür.

Auf der Ablage stelle ich meine Zahnbürste auf die rechte Seite, seine ist links. Ich habe mich noch nicht entschieden, was ich bereit bin zu teilen. Ich will mein eigenes Tempo bestimmen. Doch jetzt fühle ich mich wie fremdgesteuert von der bevorstehenden Transplantation.

Hast du auch so schlecht geschlafen?, fragt er am nächsten Morgen.
Nein, sage ich, *eigentlich nicht*, obwohl das nicht stimmt.
Ich versuche, entspannt zu wirken. Er trägt ein blaues Handtuch um die Hüften und wuschelt sich mit der Hand durchs nasse Haar.
Na ja, dann muss ich das wohl gleich nachholen, wenn man mich abgeholt hat.
Draußen ist es noch dunkel, das grelle Licht über seinem Bett spiegelt sich im Fensterglas. Ich kann nicht anders, als der starken Müdigkeit nachzugeben, also schließe ich immer wieder für kurze Zeit die Augen.
Ich nehme Ihren Vater jetzt mit, sagt plötzlich jemand, und ich schrecke hoch.
Sein Bett steht bereits vor meinem Fußende, der Bettenschieber hält inne. Mein Vater hat wirklich schlecht geschlafen, das sehe ich an den tiefen Ringen unter seinen Augen. Unsicher, wohin seine Hände sollen, legt er sie erst längs des Körpers flach auf die Decke, dann faltet er sie abrupt vor seinem Schoß.
Viel Glück, sage ich.
Schaffen wir schon, antwortet er.

Als die Tür hinter den beiden zufällt, kommen mir meine Worte lächerlich vor.

Tief über das Waschbecken gebeugt entferne ich die Überreste der Wimperntusche von gestern unter warmem Wasser, als es klopft.
Sie kommen viel zu früh!, rufe ich und trockne mir flüchtig das Gesicht.
Besser zu früh als gar nicht, antwortet der Bettenschieber.
Sein Kommen bringt mich so durcheinander, dass mir alles, was ich noch erledigen wollte, gleichzeitig durch den Kopf schießt. Ich weiß, die bevorstehende Prozedur ist bis ins Detail durchgetaktet. Also schließe ich mein Handy in den Schrank ein, packe meinen Schrankschlüssel in den Umschlag mit meinem Namen, den mir die Schwester gegeben hat, und lege mich wieder ins Bett. Mein Fahrer steckt den Umschlag in die rote Akte, die er unter meinem Kopfkissen verstaut.
Eine Schwester stößt dazu: *Guten Morgen*, sagt sie, *jetzt geht es los.*
Ich nicke, und sie zieht das Kabel meiner Notklingel aus der Steckdose, befestigt es irgendwo unter dem Bett.
Sie hat noch zwei Stunden Dialyse vor der Operation, teilt die Schwester meinem Fahrer mit.
Er an meinem Kopfende, sie vorn, schieben sie mich auf den Gang.
Dann bringen wir sie mal da hin, erwidert er.

Es ist ein seltsamer Gedanke, dass mein Blut heute zum letzten Mal von der Maschine gereinigt werden soll. Mein Körper wird optimal gestärkt für das neue Organ. Anschließend geht es direkt in den OP. Mein Vater hat dann schon alles hinter sich.
Verschiedene Trakte der Klinik werden gerade umgebaut. Mein Fahrer schiebt mich durch Gänge, die noch nicht für Patienten geöffnet sind. Alles hat einen provisorischen Charakter. Lüftungsrohre unter der Decke sind von weißem Stoff ummantelt. Luft bewegt das Gewebe, bläht es auf, bis es erneut zusammenfällt. Wir gelangen auf die Brücke, die hoch über der Straße Nephrologie und Anästhesie verbindet. Durch die Fensterfronten zu beiden Seiten schlägt uns die Helle des Tages entgegen. Kurz muss ich die Augen zusammenkneifen, dann blicke ich in einen vollkommen blauen Himmel und möchte nicht mehr wegsehen. Die Wärme der Sonnenstrahlen dringt durch die Bettdecke bis auf meine Unterarme.

Die Dialyse ist anders als im Krankenhaus an der Landsberger Allee. Die Schwestern und Pfleger sind sehr beschäftigt. Es sind auch viel mehr Ärzte hier, ein kurzer Blick, eine Begrüßung, mehr gibt es nicht. Sie alle tragen blaue Kittel. Beinahe jede Minute klingelt oder piept irgendwas, ein Telefon, eine Dialysemaschine. Kurz bevor man mich anschließt, kommt Dr. Diehl zu mir.
Ihr Vater wird nicht operiert, es tut mir leid, sagt er.
Ich kann es nicht glauben, bin unfähig, etwas zu erwidern.

Er wartet im Zimmer auf Sie, fährt er fort.
Eine der Schwestern kommt dazu: *Es tut mir leid, also machen wir ganz normal vier Stunden Dialyse, nicht zwei.*

Ich kann das Gefühl nicht einordnen. Mein erster Gedanke: Ich habe es gewusst. Wie es immer ist, im Nachhinein. Plötzlich sieht man die *Vorzeichen*, die einen hätten warnen können. Hinweise, die man nicht sehen wollte. Das Gefrierfach. Das zweite Bett, das anfangs fehlte, der Bettenschieber, der zu früh kam. Ich hätte es wissen müssen.
Mein zweiter Gedanke: Ich brauche sofort mein Telefon. Ich muss mich mitteilen. Muss Dinge regeln. Was ich nicht möchte: meinen Vater sehen. Er wird ununterbrochen reden wollen. Ich aber will nicht reden, will einfach für mich sein.
Natürlich bekomme ich kein Handy, die Stunden vergehen zu langsam. All die Zeit ist kaum zu ertragen. Ich versuche zu schlafen, fühle mich jedoch hellwach. Hier gibt es keine Kopfhörer für den Fernseher, der Bildschirm ist schwarz.
Irgendwann fragt eine Schwester, was ich zum Frühstück möchte. Ich bestelle ein Käsebrötchen, weil ich das immer bestelle. Wenigstens essen darf ich jetzt wieder.

Auf dem Rückweg steige ich schon im Stationsflur aus dem Bett. Ich will nicht mehr liegen, dafür gibt es keinen Grund. Mein einziges Bedürfnis ist, augenblicklich allein in meiner Wohnung zu sein.

Mein Vater sitzt am Fenster, trägt die schwarze Jeans und den blauen Pullover vom Vortag, eine gepackte Tasche steht neben seinen Füßen. Ich versuche, seinen Blick zu meiden.
Du hättest nicht warten müssen, sage ich, zerre meine Kleidung aus dem Schrank und stopfe alles bis auf die lange Laufhose und einen Pullover grob in den Rucksack.
Ich lag schon auf dem OP-Tisch, da hat der Anästhesist gesagt, er macht es nicht. Von mir aus hätten wir ...
Schlechtes Thema jetzt, unterbreche ich ihn gereizt, gehe ins Bad, um mich anzuziehen und die restlichen Dinge einzusammeln. Um Distanz aufzubauen.
Ich drehe den Wasserhahn auf und atme in das Geräusch tief ein und aus. Laufendes Wasser hat mich immer beruhigt. Ich denke: Es verschafft mir Zeit, die ich nicht erklären muss. Ich starre mein Spiegelbild an. Mir fehlt die Energie zu rebellieren.

Als wir im Taxi nebeneinander auf der Rückbank sitzen, spüre ich seinen Blick. Es ist kein Fragen, kein Warten auf Antwort, sondern ein Beobachten. Er versucht zu verstehen, was ich sehe. Die Torstraße ist am Vormittag überfüllt. Immer wieder bremst der Wagen ruckartig. Den Blick hinter dunklen Brillengläsern auf einen ausgebreiteten Stadtplan gerichtet, nähert sich aus der Nordrichtung auf dem Gehweg ein Mann in Sneakers, der eine Schuh rosa, der andere neongelb. Zwei Jungen in Lederjacken laufen ihm hinterher. Einer trägt Stöpsel in den Ohren. Mit etwas Abstand hängt ihnen ein Mädchen nach, das auf ihr Smartphone starrt. Eine fremdartige Distanz liegt zwischen den vieren. Man könnte meinen, sie wären einander unbekannt, doch die Art, wie sie mit leicht eingezogenen Schultern die Oberkörper vorbeugen und dem Vordermann folgen, verrät ihre Zusammengehörigkeit.

Das Taxi kann meine Straße nicht passieren, der Wochenmarkt versperrt die Zufahrt. Er solle in der Seitenstraße vor dem Edeka halten, sage ich dem Fahrer. Dort auszusteigen kommt mir gelegen. Alle übrig gebliebenen Lebensmittel aus dem Kühlschrank habe ich meiner Schwester mitgegeben. Ich weiß, wenn ich nicht jetzt einkaufe, mache ich es heute gar nicht mehr. Ich denke an eine gute Freundin und ihren ununterbrochenen Aktionismus. Jetzt bin ich dankbar für ihren so oft vorgelebten Betätigungsdrang, weil er mich hochzieht.

Die eine Hand griffbereit am Rucksack, der noch immer die Grenze bildet zwischen uns, die andere am Türöffner, bin ich zum Aussteigen bereit. Das Taxi hält unter den kahlen Ästen einer Linde. Mein Vater wendet sich mir zu, für eine Umarmung fehlt mir eine freie Hand.

Ich hoffe, du bist mir nicht böse ..., sagt er und streichelt mir über den Oberarm.

Ich schüttle vehement den Kopf. *Ist einfach dumm gelaufen*, sage ich schnell und rutsche näher zur Tür.

... und auch nicht traurig. Es ist ja nur verschoben, fügt er hinzu, als ich sie öffne.

Es ist in Ordnung.

Dann melde ich mich die Tage mal, sagt er.

SMS von meiner Oma:
So ein Pech! Bleibt ihr im Krankenhaus, oder dürft ihr nach Hause? Ich habe eben Beruhigungstropfen genommen, weil ich so nervös war. Sag mir bitte Bescheid, wie es jetzt weitergeht. Hab starke Nerven!

Endlich in der Wohnung, schalte ich zuerst den Kühlschrank wieder ein. Ich öffne die Packung Kartoffelchips aus dem Supermarkt. Eine Weile lausche ich dem Krachen der Chips und dem Surren der Kühlkombination nach. Mein Smartphone zeigt *11:45* Uhr an. Mir ist zum Heulen zumute. Gleichzeitig ist der Moment so absurd nach all den Ereignissen der letzten vierundzwanzig Stunden, dass es mich auch erheitert.
Im Schlafzimmer finde ich alles unverändert auf meinem Schreibtisch vor. Ein Anflug von schlechter Laune macht sich breit. Kein anderer wird meine kleine Installation finden. Ich mache ein Foto davon.

Später eine SMS an die Freundin: *Bewahre dir bloß immer deinen Aktionismus!*, und kurz darauf: *Das meine ich ernst!!*

13

Das Schlimmste ist, wieder zur Dialyse zurückzukehren. Eine Bewegung in die falsche Richtung. Dort anzurufen und zu sagen, dass die Operation nicht stattgefunden hat, zu fragen, ob mein Platz noch frei ist und ob ich wiederkommen kann. Mir bleibt keine Zeit, den Anruf aufzuschieben. In spätestens drei Tagen sollte ich wieder dort sein. Dann ist Donnerstag, und ich bin im alten Rhythmus. Ich weiß, wie sich ein weiterer Tag ohne Blutreinigung anfühlt.
Selbstverständlich kannst du wiederkommen, sagt Jan, als ich ihn am Nachmittag am Hörer habe.
Ich bin erleichtert.

Natürlich habe ich Wünsche und Pläne. Ich sehe andere Menschen mit diesen Wünschen und Plänen. Ich weiß, ich muss denken: Es kommt die Zeit auch für mich.
Als ich in Socken möglichst leise über den hellen Linoleumboden des Dialyseraums eile, sehe ich nur flüchtig auf, nicke Herrn Schauer und den anderen zu, ich möchte keine Kommentare hören. Auf meinem Stuhl krabble ich unter die Wolldecke.

Du bist ja wieder da!, ruft Herr Bering und lächelt.
Ich schaue freundlich zu ihm hinüber, schüttle die Decke noch einmal auf, eine Geste fällt mir leichter als eine Erwiderung.
Tut mir leid, dass es nicht geklappt hat, sagt Jan und stellt die Schale mit den Spritzen und der Desinfektionsflasche auf meinen Tisch. *Wir freuen uns dafür, dass du wieder da bist, du weißt, wie ich es meine.*
Ich nicke und öffne die Fleecejacke, damit er an den Katheter kommt.

Diese wiederkehrende Angst, dass die Operation nie stattfinden wird. Was, wenn mein Vater erneut krank wird oder nicht mehr spenden möchte? Ich gebe mir keine Mühe, meinen Gemütszustand zu verbergen, gegenüber Jan kann ich das. Ich weiß, ich bin ruhiger, als er mich kennt. Ich wirke abwesend, nachdenklich. Meine Finger sind eiskalt.
Ich erzähle das nicht vielen, sagt er. *Meine Mutter hat auch eine Niere gebraucht.*
Aufmerksam warte ich auf seinen Blick, als könnte ich darin lesen, was als Nächstes kommt.
Ich konnte ihr keine Niere spenden, fährt er fort. *Ich meine, ich wollte es nicht.*
Flüchtig sehen wir uns an. Länger kann ich den Moment nicht halten. Unter dem Mundschutz presse ich die Lippen aufeinander.
Ich kann dir noch nicht mal sagen, warum genau.
Er öffnet die Katheterkanüle und schließt das Schlauchsystem daran an. Ich schweige weiter, weil ich nicht weiß, was ich sagen soll. Ich frage mich,

warum er nicht warten konnte, wenigstens ein paar Wochen. Dann erst bemerke ich die Traurigkeit hinter seinen Sätzen. Mir wird klar, es geht nicht um meine Ängste, nicht darum, ob mein Vater nun vielleicht nicht mehr spenden möchte. Ich denke: Vertrauen. Jan hat mir etwas anvertraut, und ich muss ebenso vertrauen in das, was kommt. Trotzdem fühle ich mich fast unfair behandelt, weil *er* sich zeigt in seiner Schwäche, und *ich* doch die Schwache sein will. Als wäre mir etwas angetan worden.
Ich sehe, wie das Blut von meinem Herzen wegfließt und der Schlauch sich dunkelrot verfärbt. Das Blut hat die Maschine erreicht.
Ich war da ein bisschen jünger als du, fährt er fort.
Und dann spüre ich ganz deutlich einen Antrieb, wie eine Idee ist er einfach da und sagt mir: Ich möchte anders handeln als sonst, ich möchte mich ganz nah herantrauen an die Verletzlichkeit, so wie Jan.
Ehrlich gesagt würde ich auf Anhieb auch erst mal Nein sagen, wenn ich meiner Mutter oder meinem Vater eine Niere spenden sollte, sage ich. Ich bin erstaunt über meine Worte, doch dann fühlen sie sich klar und richtig an. *Das hat nichts mit meinen Eltern zu tun*, fahre ich fort, als würde ich abschwächen wollen, was ich gerade gesagt habe.
Ich weiß, sagt Jan in einem Tonfall, der Verständnis verrät. *Normalerweise spenden ältere Menschen den jüngeren. Als junger Erwachsener hat man alles vor sich. Wie auch du alles vor dir hast.*
Wie war das für deine Mutter?, frage ich.
Für sie war es in Ordnung. Sie hat es verstanden. Nur

die anderen aus der Familie konnten es nicht, das ist auch heute noch so.
Ich erzähle ihm nichts von meiner Mutter, weil es darum nicht geht. Zum ersten Mal aber kann ich wirklich verstehen, welche Angst die Frage machen kann, ob man bereit wäre, ein Organ zu spenden.

In einem Dschungel sind eine Frau und ich auf der Flucht. Wir klettern einen hohen Zaun hinauf. Mir wird schwindelig, und ich zweifle, ob wir es tatsächlich hinüberschaffen können. Plötzlich sind wir auf der anderen Seite. Dort scheint alles kleiner, als ich es mir vorgestellt habe. Alles lässt sich überblicken. Es kommt mir vor wie ein Paradies, ein Ort, den ich im Kopf immer kannte, an dem ich jedoch nie zuvor gewesen bin. Wir schwimmen mit Delfinen im Wasser. Wir sind glücklich. Auf einer Wiese bereitet meine Mutter ein Picknick vor. Als ich ihr sage, dass ich nicht dabei sein will, versteht sie nicht, warum. Ich gehe ins Gebüsch zum Spielen. Als sie mir nachkommt, sage ich, sie solle mich alleine lassen. Ich baue eine Höhle, bis eine andere Frau ins Gebüsch kommt und fragt, ob ich gleich auch ein bisschen schlafen möchte. Ich verstehe nicht, was sie meint. Sie sagt: *Komm, ich zeig es dir.* Ich folge ihr durch ein blaues Tor. Vor uns öffnet sich ein Platz, dort befindet sich eine Schlafklinik. Die Frau geht in eins der Häuser, um sich hinzulegen. Ich treffe ein Mädchen, das mich und zwei andere betreut. Wir sitzen nebeneinander auf einer Bank, und sie erzählt, welche Übungen wir gleich machen werden. Sie hat eine

Zwölfer-Eierpackung, in der viel mehr Eier liegen. Der Deckel geht nicht mehr zu. Sie erklärt, dass wir diese Packung auf den Oberschenkeln balancieren und dann Kraftübungen machen sollen. Sie spricht mit den anderen beiden Mädchen und bietet ihnen Kekse an. Ich frage mich, wie lange es noch dauern soll, bis es losgeht. Dann bin ich wieder allein und will zum Tor zurück. Plötzlich fühlt sich alles furchtbar anstrengend für meine Beine an. Ich komme kaum vorwärts.

Es ist kurz nach halb sieben, der Regen stört mich nicht. Die Luft ist kalt, doch mein Körper noch warm von der Nacht. Ich habe die Bahn verpasst und bin zu Fuß unterwegs. Unter einem schwarzen Schirm eilt mir ein Mann entgegen. Das ratternde Geräusch seiner Kofferrollen wird lauter und lauter. Als wir nur noch wenige Meter voneinander entfernt sind, weiche ich seiner zielstrebigen Spur aus. Sein Blick erfasst mich erst, als wir uns auf gleicher Höhe befinden. Er hebt den Schirm, der Mund geöffnet, starre Augen, scheint überrascht und erschrocken, dann bin ich vorüber. Ich zähle meine Schritte, bis ich das Rattern nicht mehr höre.
Ich muss durchhalten, denke ich, leicht wird es nicht.

Ich vermisse die uneingeschränkte Freiheit. Manchmal glaubt man, unbedingt einen Liter Cola trinken zu müssen. Es geht dabei nicht um den ganzen Liter, weit weniger würde reichen. Doch will man die Möglichkeit haben. Bedingungslos. Das Gefühl, keine Grenzen zu haben. Phosphat ist Gift für meinen Körper. Cola hat viel zu viel Phosphat. Das Erste, was ich nach der Operation tun werde, sobald ich aufstehen kann? Mir am Automaten eine Cola kaufen.

Im markierten Diskretionsabstand bleibe ich stehen. Die Apothekerin, noch im Gespräch mit einer anderen Frau, blickt kurz auf, meine Mundwinkel lösen sich aus der Anspannung, ich versuche, das Lächeln zu erwidern. Sie hat roten Lippenstift aufgetragen. Der dezente Ton unterstreicht die Helle ihrer blauen Augen. Ich lasse meinen Blick durch den Raum schweifen. Über den mit Präparaten bestückten Regalen verzieren fein gezeichnete Heilkräuterpflanzenbilder die moosgrünen Wandflächen. Neben jeder Pflanze steht in filigraner Schrift der zugehörige botanische Name. Von den vielen Apotheken der letzten Monate gefällt mir diese am besten. Die Frau vor mir sieht sich flüchtig um, und dann kann ich nicht anders, als den beiden zuzuhören. Sie sagt, alles habe mit einer einfachen Entzündung begonnen, jetzt sei es grüner Star, und noch irgendetwas anderes, das ich nicht verstehe. Die Apothekerin nickt verständnisvoll, ein kurzer Blick von ihr zu mir, wir müssen keine Worte aussprechen. Ich weiß, sie versucht, die Frau, die ihr Medikament längst eingesteckt hat, loszuwerden, freundlich und höflich.
Kann ich noch etwas für Sie tun?, fragt sie.
Die andere versteht darin wohl eine Aufforderung: Bitte teilen Sie sich mit! Sie spricht also weiter, weil

da jemand ist, der ihr vielleicht geben kann, wonach sie sucht: aufrichtiges Verständnis und Interesse für das, was ihr Leben gerade zu bestimmen scheint. Sie möchte eine Last abladen, die die Krankheit ihr auferlegt, die Chance dafür wurde ihr soeben vor die Füße gelegt. Sie sagt, seit die Krankheit auch auf das zweite Auge übergegangen sei, habe sie jede Hoffnung verloren. Und: Warum ausgerechnet sie das verdient haben soll und nicht jemand anders. Sie wird immer wütender. Die Apothekerin beginnt nun, Fragen zu stellen. Vielleicht denkt sie: Durchstehen. Und sieht im Aufrechterhalten ihrer Interessenbekundung die einzig vernünftige Möglichkeit, ihr Gegenüber loszuwerden.
Ich werde wütend – auf die Frau mit der Krankheit und auf mich selbst, dass diese Frau es schafft, mich wütend zu machen. Sie beißt sich fest an ihrer Krankheit, als wäre die alles, was sie hat. Ich werde unruhig, und mit einem Mal kommt es mir nur noch lächerlich vor, hinter der Linie zu stehen, als warte ich auf das Ende von etwas, das mich gar nicht interessiert. Ich kann nicht mehr und haste auf die Straße hinaus.

Ich habe ein großes Bedürfnis nach Luft. Doch um mich herum ist es so laut, dass es sich anfühlt, als würde mir mehr und mehr die Luft genommen. Menschen stürmen mir entgegen, ich versuche auszuweichen. Ihre Blicke rauben mir alle Energie. Ich starre auf den Boden, bis eine Fahrradklingel aufdringlich läutet. Ein älterer Mann hält den Lenker gerade auf mich zu: *Pass auf, wo du hinläufst!*, schreit er mich an. Ich schaffe es nicht zu reagieren, bleibe stehen, und im letzten Moment weicht er aus. Seine offene Regenjacke streift mich am Arm, dann ist das Fahrrad vorüber. Fast hätte er mich umgefahren, aber ich spüre keinen erhöhten Puls, kein Erschrecken. Schon bin ich mir nicht mehr sicher, ob es wirklich passiert ist, und drehe mich um. Der Mann ist nicht mehr zu sehen. Atmen, denke ich, ruhiger werden.

Ich schaue in die Weite des Himmels, sehe einen Vogelschwarm gen Süden ziehen. Sie fliegen spät, denke ich, und dann erinnere ich mich an einen ehemaligen Mitbewohner, der an den Wochenenden früh nach Brandenburg raus ist, um Vögel zu beobachten. All das, was er mir damals erzählt hat, ist plötzlich wieder da: Sie fliegen in V-Formation, zwei nie ganz symmetrische Schenkel. Auch wenn sich ihre Aufstellung immer wieder verändert, wissen sie, wie sie zu fliegen haben. Der Leitvogel führt die Gruppe an, er hat die meiste Kraft und Erfahrung. Die Tiere hinter ihm bewegen sich in seiner Wirbelschleppe, dem Sog, den sein Flügelschlag erzeugt. Die Poleposition ist jedoch anstrengend, kostet die meiste Energie, daher lässt sich der Leitvogel hin und wieder ablösen. Vermutlich spielt auch Konkurrenzverhalten eine Rolle. Der nächste Herausforderer fliegt so lange direkt hinter dem führenden Tier, bis er die Chance bekommt, sich selbst an die Spitze zu setzen – wenn auch nur für kurze Zeit.

Habt ihr schon einen neuen Termin?
Wie geht es dir?
Wie geht es deinem Vater?
Brauchst du etwas?
Ich bin dieser Fragen müde. Fragen von Menschen, die für meine Situation nichts können. Ich fühle mich verloren in meinen Gefühlen, meinen Reaktionen. Immer suche ich nach dem Angemessenen und kann doch nicht danach handeln. Also mache ich einfach gar nichts. Es bringt mich auch nicht aus der Fassung. Es ist einfach so. Als könnte mich nichts mehr erschrecken.

Der Körper und seine Wahrnehmung sind zwei Dinge. Nach außen hin wirkt er diszipliniert, bewahrt Haltung, möchte keine Gefühle offenlegen. Doch eigentlich ist er müde und traurig. Irritiert und erstaunt zugleich bin ich über diese Gegensätzlichkeit. Der Körper scheint einfach da zu sein und verhält sich fremd.

Ich genieße es, unterwegs zu sein, anonym. Draußen kann ich vergessen.

Während die Mutter das kleine Fahrrad gegen ihre Schienbeine lehnt, zieht die Tochter ein großes Buch aus ihrer Tasche. Beide haben auf der freien Sitzbank mir gegenüber Platz genommen, die Türen der U-Bahn schließen sich. Im gelben Mantel der Mutter und in den nassen Kinderhaaren sehe ich Spuren von Sommertagen aus weiter Ferne. Die Frau berührt flüchtig die Stelle unter dem Schlüsselbein. Nur der Zeigefinger ihrer Hand ist rot lackiert. Die Tochter klickt den Helm unter dem Kinn auf. *Kann ich den abnehmen?* Die Mutter nimmt ihn entgegen und legt ihn neben sich. Den Arm liebevoll auf den Rücken des Kindes gelegt, gähnt sie ein paarmal. Die Tochter windet sich sanft aus der Umarmung, bis sie frei sitzt. Das dicke Buch im Schoß, blättert sie neugierig die Seiten um, hält inne bei jedem Bild. *Uiuiui*, sagt sie, mit dem Finger auf eine Zeichnung deutend, wartet auf den Blick der Mutter, dann sucht sie schon die nächste. Bei einer Zeichnung von Quallen ertönt das lauteste Uiuiui. *Gruselig*, sagt die Tochter mit großen Augen. Die Mutter sagt: *Aber auch schön.* Weil sie gleich aussteigen müssen, klappt die Tochter das Buch zu, hält es fest an beiden Seiten, wie eine Rahmung.

J. schickt mir Bilder, von Bergen, die sich glasklar in Seen spiegeln. Von Hirschen auf einer Anhöhe, weit im Hintergrund ziehen sich endlose Wälder. Ausschnitte von sich mit Sonnenbrille. Ich klicke zurück, bis ich wieder die Landschaften sehe. Wochenlang haben wir nichts voneinander gehört. Wie ein gegenseitiges Einvernehmen. Komisch fühlt sich das nicht an. Ich habe nicht das Bedürfnis, viel mitzuteilen. Ganz deutlich spüre ich, wie wichtig für mich ist, was kommt, und dass ich es allein machen möchte. *Kann ich in das Haus deines Onkels fahren?*, schreibe ich ihm.

In der Nacht ist der Himmel so hell, ein Blau ohne Sterne. Kurz ergreift mich das Gefühl der Einsamkeit, dann entdecke ich einen Fuchs am Straßenrand, er läuft flink in die entgegengesetzte Richtung. Hat er mich gesehen? Sein Weg ist zielstrebig, entzückt sehe ich ihm nach, und für einen kurzen Augenblick nimmt er mich mit sich, weiter raus aus der Stadt.

Du musst dich links vom Wasser halten, hat J. zurückgeschrieben. Immer wieder blitzt der schwarzblaue Fluss aus dem Grün der Fichten hervor. Ich trete kräftig in die Pedale, bis es im Schutz der Bäume wieder wärmer wird. Meine Oberschenkel beginnen zu schmerzen, meine Atemwölkchen sind in der Luft zu sehen. Kein Mensch fährt heute Fahrrad. Ich freue mich wie ein Kind.
Hier draußen weiß ich, dass ich alles richtig gemacht habe. Ich habe nie mit einer Antwort meiner Mutter auf den Brief gerechnet. Ich muss an einen anderen Brief denken, den ich ihr vor über zehn Jahren schrieb, als ich für einige Zeit zu einer Freundin zog. Ich wollte Unabhängigkeit spüren und Geheimnisse haben, denke ich heute. Es war auch das erste Mal, dass ich Weihnachten nicht zu Hause verbrachte. Sie war enttäuscht von mir, das erfuhr ich von meiner Schwester. Vielleicht, weil ich keinen echten Grund für mein Verhalten nennen konnte. Wir hatten keinen Kontakt in dieser Zeit, und als das neue Jahr begann, schrieb ich, um ihr mein Verhalten verständlicher zu machen, und auch, weil ich wusste, sie

würde darauf warten. Anders als heute hat sie mir damals geantwortet. Auch wenn ich mich an den Wortlaut nicht mehr erinnere, weiß ich, dass mich ihre Sätze beeindruckten. Sie waren liebevoll und fürsorglich und lösten die Erinnerung an unbeschwerte Kindheitsmomente in mir aus. Manchmal frage ich mich, ob es ihr schwerfällt, zu verdrängen, ob sie mit jemandem darüber spricht, was zwischen uns passiert ist.
Als ich das Haus erreiche, finde ich den Schlüssel unter einem Spaten neben dem Toilettenhäuschen. In der Dämmerung folge ich dem Sandweg am Wald, bis ich mich nicht mehr weitertraue, weil ich ein Geräusch höre. Ich renne zum Haus zurück, klettere über das Tor und genieße mein Herzklopfen, diese Nachwirkung der kurzzeitigen Anstrengung.
Zum Schlafen lege ich mich in eines der Kinderbetten. Wann J. das letzte Mal das Haus seines Onkels besucht hat, weiß ich nicht. Ich frage mich, wo er dann schläft.

Ich bin mit einem Mann unterwegs, ich denke, es ist J. Wir gehen einkaufen, und dann sitzen wir in einer Art Spielzeugauto. Wir machen irgendwo zusammen Urlaub, müssen aber bald wieder abreisen. Ich denke, dass ich eigentlich noch gar nicht wegmöchte, und überlege, länger zu bleiben. Dann kommt meine Mutter aus dem Supermarkt gestürzt. Ich bin unsicher und ängstlich, wie sie sich verhalten wird. Vielleicht dreht sie durch und beschimpft mich, denke ich. Überrascht bin ich, als sie ihre Arme ausbreitet und mich an sich zieht. Sie sagt, sie habe mich überall gesucht.

Hungrig und voller Freude picke ich Süßkartoffelstücke aus der Brotbox mit der Gabel auf. Die Frau mir gegenüber schaut mich an. Mein Blick geht hinaus aus dem Fenster, ich kaue. Die Frau beugt sich vor.
Verstehen Sie Deutsch?
Ja, sage ich ungläubig, fragend.
Na ja, heute weiß man ja nie, und Sie sehen so dunkel aus. Ich sage nichts.
Nur damit Sie es wissen, essen ist im Bus nicht erlaubt, Sie könnten kleckern. Dabei macht sie eine weitschweifende Bewegung mit den Händen zur Veranschaulichung, was passieren würde, wenn der Bus stark bremst.
Danke, sage ich höflich.
Also, der Fahrer ist berechtigt, Sie rauszuschmeißen, setzt sie hinterher.
Ich nicke, lehne mich zurück, als könnte das eine Distanz zwischen uns aufbauen. Für einen Moment halte ich inne, dann pikse ich entschieden ein neues Kartoffelstück auf die Gabel, führe es achtsam zum Mund. Ich sehe den Gendarmenmarkt vor dem Fenster. Die Bänke des Platzes sind unter Baumkronen aufgereiht wie eine geometrische Formation. Heute Abend sitzt niemand dort, augenblicklich zieht es mich dahin, blitzschnell drücke ich den Haltewunschknopf, als hätte ich gerade mein Ziel erkannt.

J. über WhatsApp:
Bin jetzt in Buenos Aires! Habe hier ein Fotolabor gefunden und kann bald einen Kurs mit Jugendlichen machen. Brauche dafür aber die richtigen Filme. Könntest du sie mir schicken?
Ich: *Klar, gib mir deine Adresse! Und kannst du mir dort ein Objektiv besorgen? Ich möchte wieder richtig fotografieren. Die sind bei dir günstiger als hier. Details kommen noch.*
Es ist erstaunlich leicht, dem anderen Eindrücke von einem Urlaubsort zu vermitteln, selbst wenn er noch nie dort war und sich seine Fantasie womöglich gar nicht wirklich mit den echten Begebenheiten in Deckung bringen lässt. Viel schwerer ist es hingegen, Gefühle verständlich zu machen, ohne dass der andere sie kennt.

Ich schlage die Klappe des Briefschlitzes gegen die Tür, den Klingelknopf haben wir nie gedrückt. Ich horche, ob es laut genug war, dann höre ich schon Schritte aus dem Flur. Meine Oma trägt einen rosafarbenen Lippenstift und ihre goldenen Ohrstecker, ihr dunkles Haar ist hinter die Ohren zurückgekämmt.
Schön, dass du da bist, sagt sie.
Ihre Hände hat sie um meine Schultern gelegt. Sie zieht mich an sich, sodass sich unsere Wangen leicht berühren, die Oberkörper nicht. Herzlich und kontrolliert hält sie einen Abstand, den ich nie als seltsam empfunden habe. Ich tausche meine Stiefel gegen die bereitstehenden Hausschuhe unter der Garderobe.

Sie schaltet den Ofen an, um den Fisch aufzuwärmen. Die Mikrowelle summt, darin Kartoffeln und grüne Bohnen mit Speck. Mein Blick fällt auf die weiße Amaryllis am Fenster. Eine Weile sehe ich hinaus auf den Carport, in dem schon seit Jahren das alte Auto des Hausmeisters parkt. Dahinter der Garten, die kahlen Äste der Rosensträucher. Alle von ihrer Hand gepflanzt. Spatzen steuern das Vogelhaus an, picken von den Meisenknödeln und verschwinden wieder in den hohen Tannen. Ich rutsche auf die Eckbank, auf den Platz, wo immer meine Mutter saß. So hat man den ganzen Raum im Blick. Der Tisch ist mit großen Tellern und Schälchen für den Nachtisch gedeckt.
Geht es dir gut?, fragt meine Oma.
Ich nicke. *Ich freue mich aufs Essen.*
Kartoffeln und Gemüse gibt sie in weiße Porzellanschalen, die sie um die Kerze herum platziert. Sie reicht mir einen Löffel und steckt einen zweiten in die Speckbohnen.
Nimm dir, bitte! Und wenn es nicht reicht, es gibt noch mehr.
Als der Lachs auf unseren Tellern liegt, zieht sie die Schürze aus.
Fehlt noch was? Iss ruhig schon.
Du fehlst, dann können wir loslegen.
Sie rutscht von der anderen Seite in die Bank.
Ich hoffe, es schmeckt.
Du weißt, nur bei dir esse ich Speck, weil nirgendwo die Bohnen so gut schmecken.
Sie erzählt von einem Kriminalroman aus der Leih-

bücherei. Von ihrer Nachbarin, mit der sie vor ein paar Tagen eine halbe Flasche Baileys getrunken hat, und dem Gerätezirkel im Club Olympus, von dem sie Muskelkater spürt. Das Leben, das sie heute führt, beeindruckt mich, ihre Neugierde und Heiterkeit, die ich erst an ihr kennengelernt habe, als ihr zweiter Mann, der Vater meiner Mutter und meines Onkels, gestorben war. Vor vielen Jahren.

Erst als sie griechischen Joghurt mit gefrorenen Beeren zum Nachtisch auftut, sagt sie: *Deine Mutter war bei mir, kurz nachdem du das zweite Mal im Krankenhaus warst.*

Ich ziehe die Lippen zusammen, weil die Kälte an den Zähnen schmerzt.

Was wollte sie?

Ich habe ihr gesagt, dass du jetzt alles von mir bekommst, was du brauchst. Seitdem war sie nicht mehr hier. Sie kratzt einen Rest Joghurt aus dem Schälchen. *Egal wie viele Verhaltensweisen des anderen man nicht versteht, deine Mutter und ich haben immer auch viele Gemeinsamkeiten gehabt. Es muss aber gar nicht mehr sein, wie es mal war, manchmal wüsste ich nur gern, ob es ihr gut geht.*

Das geht mir genauso, antworte ich und verspüre plötzlich eine stärkere Verbundenheit mit meiner Großmutter.

Später sitzen wir im Wohnzimmer vor der großen Schrankwand und beobachten, wie das Lichterketten-Rentier immer wieder seine Schnauze in den blinkenden Schnee schiebt.

Vielleicht sind wir in unseren Verhaltensweisen festgefroren, sage ich.
Meine Oma schenkt mir Kaffee nach.
Ihr beiden Schwestern hattet schon immer diesen Erkundungsdrang, diese Weite in den Augen. Dein Opa sagte damals: Die Kinder werden schnell ihre eigenen Wege gehen.

Für einen Moment schiebt der Mond sich hinter den Wolken hervor. Die Straßen sind so still, wie ich sie noch nie erlebt habe. Ein alter Mann mit einem kleinen Kind an der Hand geht auf der anderen Seite des Bürgersteigs. Es scheint, als würde uns etwas verbinden in dieser Nacht, fern aller Weihnachtlichkeit.

Wir können nur die Stärken nutzen, die uns mitgegeben sind. Mich zieht es in die Einsamkeit. Manchmal reicht es, nur die Sonne zu sehen, um eine Routine zu wissen, morgens ein Stück Obst zu haben oder einen Kaffee. Dann erscheint das Glück so entschieden, so klein und doch so groß.

14

Aus dem Korb über der Eistruhe nehme ich einen Apfel und eine Birne, viel Obst ist nicht mehr da. Darunter ein handgeschriebenes Schild: *50 Cent*. Aus sicherem Abstand versuche ich, die Bewegungen meines Vaters zu beobachten, bis er mit seinem Kaffee vor der Kasse steht. Jetzt kann ich mich hinter ihn stellen. Die Kassiererin scannt die Preise seiner Airwaves-Kaugummis und der Halbliterflasche Wasser ein. Ich halte Apfel und Birne fest in der einen, die Zwei-Euro-Münze in der anderen Hand, mein Körper ist angespannt.
2 Euro 60 Cent, bitte, sagt die Frau.
Und das Obst noch, ist seine Antwort.
Die Früchte fest an meinen Bauch gedrückt und die Augen der Kassiererin fixierend, erwidere ich: *Ich zahle das selbst.* Der Satz, den ich zuvor tonlos geübt habe, klingt jetzt überraschend ruhig.
Ist doch nur Obst, sagt er.
Nein, sage ich.
Obst kann die Kassiererin nicht scannen, also muss ich es nicht aus der Hand geben. Sie lehnt sich in ihren Stuhl zurück, faltet die Hände im Schoß.

Rechnen Sie das dazu, sagt mein Vater, er ignoriert meine Antwort.
Zielstrebig sind die Finger der Frau wieder auf den Tasten, erneut tippt sie, ohne uns auch nur anzuschauen. Sie lässt sich auf keine Widerrede mehr ein, vielleicht weil sie weiß, es wird keine Einigung geben. Stattdessen sagt sie: *3 Euro 60 Cent*. Sie ist Kassiererin, dazu angehalten, Geld entgegenzunehmen und passendes Wechselgeld herauszugeben, es soll sich keine Schlange bilden. Für anderes ist sie nicht zuständig. Sie kennt diese Art Diskussion. Ich bin ihr nicht böse, rede mir ein, dass sie für uns entschieden hat, nicht mein Vater. Alles ist gesagt, ich erwidere nichts, mein Gesicht bleibt ausdruckslos, als er ihr das Geld in die Hand zählt.

Durch das Treppenhaus gehen wir die Stufen nach oben, er versucht, meinen schnellen Schritten zu folgen, ab der zweiten Etage beginnt er zu schnaufen. Im vierten Stock halte ich ihm die Glastür auf. Statt an mir vorbeizugehen, bleibt er hinter mir stehen.
Nee, geh du mal, sagt er.
Ich schaffe es noch nicht einmal, für ihn die Tür aufzuhalten, denke ich. Seine Art, mir alles recht machen zu wollen, macht mich wütend. Mit einem Mal finde ich in jedem seiner Sätze und in jeder seiner Verhaltensweisen Entscheidungen, die mich in die Position der Dulderin drängen. Ich weiß dem nichts entgegenzusetzen. Schließlich gibt er mir seine Niere.
Muss es so sein, weil er mein Vater ist? Fühlt er denn ein permanentes Pflichtgefühl? Womöglich ist seine

Interpretation der Dinge anders, doch ich kann nichts tun gegen das Gefühl, das sein Verhalten in mir auslöst. Meine Wut ist mit Abwehr verbunden, mit dem Wunsch, mich zurückzuziehen. Nichts an mich ranzulassen. Ich fühle mich in meiner Eigenständigkeit bedroht.

Ich denke an früher. War ich wütend, war mein Verhalten, wie so oft bei Kindern, mit klaren Gesten verbunden: Ich hielt mir die Ohren zu oder sagte: *Ich spreche jetzt nicht mehr.* Ich frage mich, wann ich begann, meine Empfindungen zu verstecken.

Die späten Nachmittagsstunden verbringen wir in Zimmer 11. Ich habe mir eine bequeme lange Sporthose angezogen, meine Bücher über der Bettdecke ausgebreitet und meine nackten Füße darunter vergraben. Er versteht nun: Wenn ich lese, will ich nicht unterbrochen werden. Hin und wieder spüre ich seinen Blick von der Seite, es stört mich nicht weiter. Er hat sich auch ein Buch mitgenommen, aber er zählt nicht zu den Menschen, die sich lange verlieren können, er kann das nicht gut aushalten. So liest er immer nur ein paar Seiten und legt das Buch dann neben sich. Er ist in vielem sehr offen für mich. Ich kann seine Unruhe sehen. Er sortiert seine Ablage, stellt sich vor das Fenster oder geht sich einen fünften Kaffee holen. Er muss in Bewegung sein. Manchmal denke ich, ein Wort oder ein Blick von mir ließen ihn entspannter sein. Doch ich kann nicht.

Es ist warm im Zimmer, obwohl die Heizung abgedreht ist. Es ist diese Krankenhauswärme, bei der man sich in T-Shirt und Shorts zu jeder Zeit richtig fühlt.
Einmal schwarz, sagt mein Vater, stellt eine der beiden Tassen auf meine Ablage.
Danke, erwidere ich, und zum ersten Mal fällt mein Blick auf die Baumwollhose, die er trägt. Ich erinnere mich, wie er sagte, er wolle sich noch was Bequemes fürs Krankenhaus besorgen. Weil die Hosenbeine viel zu lang sind, schleifen die Säume über den Boden.
Während er den Bildschirm mit dem Teleskoparm heranzieht, streife ich mir einen dünnen Baumwollmantel über. Viel mitgenommen habe ich nicht, mittlerweile weiß ich, was ich im Krankenhaus wirklich brauche. So wenig wie möglich will ich bei mir haben. Unter dem weichen, glatten Stoff fühle ich mich sicher. Mein blaues Notizheft und ein paar Euro verstaue ich zusammen mit dem Schrankschlüssel und meinem Smartphone in den Manteltaschen.
Wo gehst du hin?, fragt er.
Ich habe auf diese Frage gewartet, die wie ein Aha-Erlebnis ist, ich beginne, sein Verhalten zu verstehen: Mein Vater wartet selten etwas ab.
In die Cafeteria, antworte ich, und nach kurzer Pause: *Ich will ein Croissant.*
Na, das ist doch schön, antwortet er.
Bis später, gebe ich zurück.
Als ich zum Fahrstuhl laufe, merke ich, dass mich

seine Frage nicht mehr wütend macht. Ich muss lächeln, denn das ist eine gute Entwicklung.

Flucht ist meistens der erste und auch leichteste Ausweg. Hat man dieses Verhalten einmal gelernt, ist es verdammt schwer abzustellen.

Am Tag der Operation klingelt sein Handywecker bereits um sieben. Die Decke raschelt, er setzt sich an die Bettkante. Die Vorhänge sind halb zugezogen, dazwischen ein schmaler Streifen Dunkel. Eine ganze Weile bleibt er so sitzen. Die Lampe über seinem Bett knipst er nicht an. In etwa fünfzehn Minuten wird es an der Tür klopfen. Er steht auf und zieht einen Stapel Kleidung aus dem Schrank. Er hat ihn sich am Vorabend bereitgelegt. Ganz oben das OP-Hemd, das Weiß des Stoffs schimmert ins Zimmer. Ich schüttle mein Kopfkissen auf.
Morgen, sage ich.
Schon wach?, fragt er und dreht sich zu mir. *Guten Morgen, wie hast du geschlafen?*
Gut, sage ich.
Er wendet sich wieder dem Schrank zu, sucht in den Taschen seiner Jacke nach den Fisherman's Friends. In den nächsten fünf Tagen werden wir dieses Zimmer miteinander teilen, wir werden also auch wenig voreinander verstecken können. Er fischt ein Bonbon aus der Packung, jede halbe Stunde schiebt er sich eins davon in den Mund. Er braucht etwas, das die Zigaretten ersetzt.
Und du?, frage ich viel zu spät.

Na ja, ganz okay, sagt er in den Schrank hinein.
Ich antworte nichts, denn ich weiß, ich kann ihm die Angst nicht nehmen.
Ich springe mal unter die Dusche, sagt er und schlurft in seinen Latschen Richtung Bad.
Ich drücke nicht den roten Knopf der Notfallklingel, sondern den gelben, der das Licht über meinem Bett anschaltet. Das Kopfteil fahre ich hoch, bis es fast senkrecht steht. Aus der Schublade ziehe ich eine Tube Tagescreme, drücke etwas davon heraus und verteile es in meinem Gesicht. Vor dem Handspiegel streiche ich mir über die Augenbrauen.
Das Wasser plätschert lange auf die Fliesen, ein paarmal räuspert er sich unter der Dusche. Es klopft leise an der Tür, jemand sagt: *Guten Morgen.* Die Gruppe schleicht herein, dann steht Dr. Jeske mit seinen Studenten vor mir.
Wir wollen Sie heute nicht lange stören und Ihnen nur noch einmal alles Gute wünschen. Auch für Ihren Vater natürlich.
Diesmal gibt es keine Festbeleuchtung, nur vom Gang fällt Licht herein. Diesmal ist niemand in den Schreibblock vertieft oder trägt meine Akte für den Doktor, keine verschränkten Arme, keine schiefen Haltungen. Diesmal stehen sie brav in einer Reihe mit ordentlich gefalteten Händen und aufmerksamen Mienen.

Mein Vater kommt aus dem Bad zurück. Er trägt das lange OP-Hemd. Am Rücken hat er es nicht zugebunden, sodass bei jeder Bewegung ein schmaler

Streifen Haut aufblitzt. Das Hemd sitzt schief auf seinen Schultern. Er schlurft in den schmalen Gang zwischen seinem Bett und meinem.
Kannst du das bitte mal zubinden?, bittet er mich und setzt sich auf die Kante mit dem Rücken zu mir.
Dann schließt er seinen Schrank ab, macht ein paar Schritte zum Fenster, bleibt vor seinem Bett stehen. Ich weiß, er sieht zu mir. Er sagt nichts, weil mein Blick ins Buch gerichtet ist. Er legt sich in sein Bett, schiebt die Packung Fisherman's in die Nachttischschublade zurück. Der Schlüssel klimpert in seiner Hand.
Was würde ich jetzt für einen Kaffee geben, sagt er.
Dann klopft es. *Sind Sie bereit?*, fragt der Bettenschieber meinen Vater.
Sie sind ja pünktlich.
Wir sind ja auch alle nicht zum Scherz hier, kommt die Antwort in einem ironischen Ton.
Der Bettenschieber löst die Notfallklingel aus der Verankerung über seinem Bett und hängt das Kabel an der Wand ein. Mein Vater verfolgt jede seiner Bewegungen.
Wenn Sie aufwachen, hängt die Klingel wieder über Ihnen, sagt der Mann, während er schon den nächsten Schritt ausführt und den Hebel unter dem Bett mit seinem Fuß betätigt. Die Bremse wird gelöst, am Fußende zieht er es von der Wand weg in den schmalen Gang vor die Schränke. Mein Vater sucht meinen Blick, den ich nun das erste Mal an diesem Morgen bewusst erwidere. Mein Körper beugt sich nach vorn, wie von selbst folgt er mir.

Der Bettenschieber hält kurz inne, ich drücke die Hand meines Vaters.
Bis später, sagt er.
Ich kann sehen, wie unser Händedruck seine Gesichtsmuskeln und die hochgezogenen Brauen weicher werden lässt. Er spürt, jetzt gibt es kein Zurück.

Eigentlich ist mein Vater ein Fremder für mich. In meinen Kindheitserinnerungen taucht er nicht auf. Auch wenn ich immer wieder von Freunden höre, sie könnten sich detailliert an Geschehnisse im Alter von drei Jahren oder sogar früher erinnern: Meine bewussten Erinnerungen setzen weitaus später ein. Meine Mutter erzählte, dass er uns verlassen hat, als wir etwa fünf Jahre alt waren. Unsere Einschulung im darauffolgenden Jahr habe ich noch genau vor Augen. Meine Schwester und ich stehen in pinken Pullovern und Hosen vor einer Backsteinwand des Schulgebäudes. Wir tragen Brillen mit großen runden Gläsern, gelbe Käppis und lange geflochtene Zöpfe. Neben uns die weißen Schulranzen mit den bunten Herzen. Im gleichen Muster sind unsere Schultüten, die wir immer wieder vorfreudig schütteln. Unser Vater war bei der Einschulung dabei – dass er zu spät kam, daran erinnere ich mich, an ihn selbst jedoch nicht. Es gibt ein Foto von diesem Tag: Meine Schwester und ich sitzen auf den Oberschenkeln des damaligen Freundes meiner Mutter, der zwischen uns auf die Knie gegangen ist. Seine Arme hat er um unsere schmalen Körper gelegt, alle drei grinsen wir in die Kamera. Ich erinnere mich, dass

ich aufgeregt und glücklich war an diesem Tag. Ich erinnere mich nicht daran, wer das Bild gemacht hat, wahrscheinlich meine Mutter. Mein Vater sicher nicht.
Er hatte früher schwarzes lockiges Haar, trug einen Vollbart. Seine Statur war schlank und groß. Er sah alles andere als deutsch aus. All das weiß ich nur von Bildern. Als mir meine Oma im letzten Jahr einen Stapel Fotos aus meiner Kindheit schenkte, behielt ich nur ein einziges: Es ist Weihnachten, und wir sind bei ihr. Meine Mutter und mein Vater sitzen nebeneinander auf der Couch. Aber nichts an ihren Körperhaltungen wirkt miteinander verbunden. Sie, Mitte dreißig, schlank, trägt ihr hellbraunes langes Haar streng zu einem hohen Zopf gebunden. Sie sitzt abgewandt von ihm, der rechte Ellenbogen auf dem linken Unterarm vor der Brust aufgestellt, eine Zigarette in der Hand. Es hat etwas Rebellisches, Eigenständigkeit Einforderndes. Immer, wenn ich dieses Foto betrachte, ist es, als könne ich fühlen, was sie in diesem Moment dachte. Noch heute fasziniert es mich. Ich erkenne mich wieder in ihr.
Als mein Opa den Auslöser drückte, hatte er wahrscheinlich seine Brille nicht auf, denn der Bildausschnitt ist schief. Doch eigentlich entsprach das viel mehr der Situation. Meine Oma steht breitbeinig da – sie war gerade über eines unserer Geschenke gestiegen – in ihrem türkisfarbenen Jackett, mitten im Raum. Sie ist die Einzige von uns, die in die Kamera blickt. Erschrocken und mit Blitzlichtaugen. Dennoch sitzen ihre dunkelbraunen Haare perfekt.

Ein Bilderbuch auf dem Schoß, sitze ich nah an meinem Vater, der sich mir zugewendet hat. Trotzdem wirkt er wie einer, der nicht dazugehört. Sein Blick geht nicht mit ins Buch, sondern auf einen anderen Punkt im Raum, der außerhalb des Bildes liegt. Die eine Hand im Schoß, wirkt er wie eingefroren. Als wäre er der Einzige, der das Fotografiertwerden nicht mitbekommen hat.

Ich habe ihn erst vierzehn Jahre später wiedergesehen. An diesem Tag konnte ich nicht glauben, dass der Mensch, der mir da gegenüberstand, mein Vater sein sollte. Heute ist er ein kleiner Mann, trägt ein paar Kilo mehr mit sich herum, auch wenn er versucht, jeden Sonntag Fußball zu spielen mit seinen Jungs. Er hat schütteres graues Haar. Er schaut einem mit aufmerksamen Augen und hochgezogenen Brauen ins Gesicht, als warte er stets auf die Reaktion seines Gegenübers. Darin liegt etwas Gutmütiges.

Wir passieren die Gebäudebrücke, die Nephrologie und Ultraschalldiagnostik verbindet. Unter uns rauschen die Autos durch, von den schalldämpfenden Panoramafenstern zu beiden Seiten ist die Straße gut zu sehen. Ärzte huschen zu einem anderen Gebäude. Kommt ihnen eine Windböe entgegen, beugen sie den Oberkörper leicht vor und halten die Kittelaufschläge zusammen. Wartende, Besucher des Krankenhauses, stehen an der Haltestelle, Zigarettenrauch stößt in die kalte Luft. Geschäftsleute in Anzügen oder schwarzen Röcken überqueren eilig mit vor die Brust geschlagenen Armen die Straße. Andere laufen zur Hauptverkehrsader im Norden, steigen in Taxis ein. Auf der anderen Seite der Brücke lassen wir das Tageslicht hinter uns. Es herrscht wieder die Helle der Leuchtstoffröhren, und ich gleite zurück in die Zeitlosigkeit.

Das Gebäude ist ein fünfgeschossiger Kubus mit einem zentralen Lichthof. Im obersten Stockwerk sind der Aufwachraum und die Überwachungseinheit des zentralen OP-Bereichs durch Oberlichter erhellt. Mein Bett wird an weißen Schiebetüren vorbei durch einen schmalen Gang geschoben. Große dunkelblaue Zahlen auf weißen Flächen kennzeichnen die Zugänge zu den jeweiligen Operationsplätzen. Am Ende des Ganges öffnet sich eine ziffernlose Tür. Dahinter ein großer Saal, der Vorbereitungsraum. Zwei Schwestern in grüner OP-Kleidung tauchen in meinem Sichtfeld auf. Ihre Haare sind unter Hauben versteckt. Eine der beiden schiebt eine Liege neben mein Bett.
Könnten Sie vorsichtig rüberrutschen?, fragt sie mich.
Während ich die Seite wechsle, stützt sie ihre Hände auf der Liege auf, ihre Unterarme sind durchgedrückt. Anschließend reicht sie auch mir eine Haube, die ich mir über den Kopf stülpe. Haarsträhnen an Stirn und Ohren schiebe ich unter das elastische Band.
Die Schwester hilft mir, das OP-Hemd über den Kopf zu streifen, parallel ziehen mir Hände von unten zwei Decken, die dicken Laken gleichen, hin-

auf bis zum Kinn. Eine Gänsehaut überströmt meinen Körper. Die Arme eng angelegt, fühlt der Stoff sich kompakt und fest an. Die Hände schieben die Deckenenden unter meinen Körper, routiniert und mit präziser Schnelligkeit. Die eingefangene Wärme breitet sich langsam aus. Von links nach rechts wird über meinen Bauch ein schwarzer Gurt festgezogen. Jeder Handgriff ist tausendmal erprobt. Wie ein Fließbandsystem, das zuverlässig Gepäckstücke abfertigt.
Die Liege wird weitergeschoben, in einen Raum, dessen Größe schwer zu bemessen ist. Gerätschaften verstellen ihn in der Breite, Ärzte und Schwestern kreuzen mein Blickfeld, verschwinden wieder hinter Vorhängen. Dann werde ich in einer Nische zwischen Apparaten und einem Vorhang abgestellt. Maschinen geben Pieptöne in unterschiedlichen Frequenzen und Rhythmen von sich. Die Oberlichter lassen das frische Weiß der Hallendecke wie einen imaginären Raum erscheinen, dessen Grenzen schwer auszumachen sind. Wenn ich das Blinzeln unterlasse, formen sich die kleinen schwarzen Löcher im Weiß bald zu Diagonalen einer dreidimensionalen Sphäre. Als wäre darin etwas zu lesen, kann ich den Blick nicht abwenden, bis sich Flüssigkeit in meinen Augen sammelt. Dann blinzle ich doch, und der Raum löst sich auf.

Hallo, sagt jemand, *ich bin Rieke.*
Ich brauche etwas, bis ich meinen rechten Arm unter Decken und Gürtel herausziehen kann, um die mir

entgegengestreckte Hand der Schwester zu schütteln. In ihren Brillengläsern spiegeln sich die Oberlichter, sodass ich ihre Augen nicht sehe. Ihre OP-Mütze ist nicht grün, sondern hellblau mit kleinen roten Mickymäusen, am Hinterkopf in einem Knoten zusammengebunden. Jede Abteilung hat ihre eigenen Erkennungszeichen, denke ich.
Ich bin für dich in den nächsten Minuten zuständig, sagt sie freundlich, *ich habe auch deinen Vater schon kennengelernt.*
Sie zieht den Klettverschluss der Blutdruckmanschette an meinem Oberarm fest, öffnet anschließend die weiße Klemme, einen Messsensor, den Pulsoximeter. Ich strecke ihr meinen Zeigefinger entgegen, die Klemme schließt sich, und kurz darauf piept auch meine Maschine.
Ein Arzt drängt sich zu meiner Rechten zwischen Liege und Apparat vorbei. Der Durchgang ist so eng, dass er mir den Oberkörper zudrehen muss. Unsere Blicke treffen sich, er nickt mir zu. Patienten, Ärzte und Schwestern sind hier unterschiedlich eingepackt, man sieht wenig Körperliches voneinander, also wirken die Blicke intensiver. Rieke sagt zu dem Arzt: *Ich weiß, alle Flucht- und Rettungswege versperrt, hab ich prima gemacht, oder?*
Der Angesprochene streckt einen Daumen hoch, kneift die Augen leicht zusammen, unter seinem Mundschutz lächelt er wohl, dann verschwindet er hinter dem Vorhang.
Wir sind erst seit einer Woche in diesem neuen Saal, oft finden wir uns selbst noch nicht zurecht, sagt Rieke, *ist*

bestimmt schrecklich für dich, dieses ganze Piepen, oder?
Die Maschine zeigt einen normalen Herzschlag an, ich fühle keine Aufregung.
Ich schau mal, wie weit sie mit deinem Vater sind, sagt sie dann, schiebt sich links an meiner Liege vorbei, ihr Bauch drückt ganz leicht an meine Decke. Ich höre das dumpfe Geräusch einer sich öffnenden Schiebetür. Für einen Moment schließe ich die Augen. Dann steht plötzlich der Nephrologe neben mir. Durch die Oberlichter wirkt das Blau seiner Augen noch intensiver. Er reibt sich die in sterilen Handschuhen steckenden Hände.
Jetzt packen wir's an, richtig?, sagt er.
Aus meiner liegenden Position fühlt es sich seltsam an, aber ich kann nicht anders, als zu grinsen.
Ich bin bereit, sage ich überzeugt.

Alles ist jetzt richtig. Der Anästhesist spritzt mir das Propofol intravenös über den Zugang am linken Unterarm. Jemand sagt: *Ich dachte, du bist noch im Urlaub. Wir sind Sonntag zurück*, antwortet ein anderer, *wen operierst du?* Die beiden Ärzte scheinen irgendwo hinter mir zu stehen. Mehr kann ich nicht verstehen, sie entfernen sich von mir. Ich versuche, die Augen weit offen zu halten, es kostet mich Anstrengung. Ich starre wieder hoch an die weiße Decke. Dann muss ich blinzeln, meine Augenmuskeln erschlaffen, die schwarzen Punkte verschwimmen.

15

Ich erwache in meinem Krankenhausbett, über mir die Notfallklingel. Mein erster Gedanke: Ist es wirklich passiert? Hat es geklappt mit der neuen Niere? Vorsichtig hebe ich die Bettdecke an, dann die harten Handtuchstoffdecken, zu denen eine dritte hinzugekommen ist. Ein weißes Pflaster klebt links von meinem Nabel. Rund um die Fläche und bis zu meinem linken Oberschenkel herunter ist die Haut orangerot gefärbt. Eine Jodtinktur, die Operations- und Behandlungsfelder sichtbar macht und desinfiziert. Ich lege eine Hand auf das Pflaster. Es pulsiert unter meinen Fingern. Ich spüre Wärme, eine ganze Weile bewege ich die Hand nicht weg, ich bin beruhigt und glücklich.
Dann strecke ich die Hand nach dem Bettgitter aus. Mir gegenüber liegen fünf Stellplätze für Betten, die durch blaue Sichtvorhänge voneinander abgetrennt sind. Die Zahlen *15* bis *19* stehen in großer schwarzer Schrift an der Wand. Unter der *17* ist ein Bett abgestellt, die übrigen Positionen sind leer. Ein junger Mann liegt darin, der Kopfbereich seines Betts ist nach oben gefahren, sodass ich sein Gesicht gut sehe:

rötliche Haare, ich vermute, er hat auch Sommersprossen, genau erkennen kann ich es nicht, aber es würde zu ihm passen. Durch einen Strohhalm trinkt er Wasser aus einem Becher. Sein rechter Unterarm ist eingegipst. Ich stelle mir vor, er ist Basketball- oder Baseballspieler. Eine Szene aus einem amerikanischen Highschoolfilm.
Ein schlanker, großer Pfleger in grüner Kleidung kommt zu mir.
Wie geht es Ihnen?, fragt er und tippt etwas in die Maschine hinter meinem Kopf. Seine Bewegungen sind zügig.
Gut, sage ich, *ich habe keine Schmerzen.*
Ihr Vater ist schon auf dem Zimmer. Wenn Sie etwas brauchen, geben Sie Bescheid.
Kann ich auch so ein Getränk haben?, frage ich und deute mit einer Kopfbewegung auf die Nummer *17*.
Aber natürlich, erwidert der Pfleger.

Ich schließe die Augen, und mir kommen unzählige Bilder in den Kopf: Abstrakte Formen und Farben mischen sich mit klaren Strukturen. Alles bewegt sich wie ein Strom, es ist, als könnte ich den nächsten Übergang bestimmen. Alles läuft so schnell, dass ich mir auch die Worte, die ich dafür finde, nicht lange merken kann, weil augenblicklich neue kommen. Ein klares Träumen, so fühlt es sich an. Mein Bewusstsein ist da, trotz der Narkose- und Schmerzmittel.
Als ich die Augen wieder öffne, lehnt in Höhe meines Unterarms ein Plastikbecher mit grünem Stroh-

halm am Gitter. Gierig sauge ich das Mineralwasser in mich hinein. Es ist schön kalt am Gaumen. Muss ich jetzt wirklich nicht mehr die Flüssigkeitsmenge beachten? Vor Freude trinke ich alles auf einmal.

In diesem Bett, in diesem Zustand sehe ich vieles in meinem Leben klarer, so hochtönend das klingen mag. Die Gedanken sind einfach da, mit einer Sicherheit und Stärke, der ich mich nur zu gerne anvertraue. Ich weiß genau, welche meiner Freunde ich jetzt brauche. Ich möchte Menschen sehen, ihre Gesten und Unsicherheiten, ich möchte Freude erfahren. In dieser Klarheit erreicht mich die Gewissheit, dass das Leben endlich ist. Ich empfinde es ohne Traurigkeit. Vielmehr spüre ich eine große Leichtigkeit. Ich möchte etwas erleben.

Ein dumpfes Geräusch von rechts weckt meine Aufmerksamkeit. Ein Arzt in OP-Montur versucht, das Aufladekabel seines Handys mit der Steckdose hinter einem Infusionsständer zu verbinden. Dabei muss er über einen der Metallfüße des Ständers gestolpert sein. Eine ganze Weile tippt er auf dem Smartphone herum und wirft verstohlene Blicke über die Schulter. Es wirkt, als wolle er sich verstecken.

Eine Schwester steht jetzt bei dem Basketballer. Unter ihrer Haube ragt ein blonder Zopf hervor. Das Haar reicht ihr bis zur Mitte des Rückens. Sie löst die Plastikverpackung von einem kleinen Gerät, reicht es ihm und erklärt die Funktion. An der Seite pustet man hinein, wodurch sich im Inneren Bälle in die Höhe bewegen. Es gibt drei Röhrchen mit je einem Ball, also drei Schwierigkeitsgrade. Sie fügt hinzu, dass, wenn er in der Lage sei, den dritten, letzten Ball in die Höhe zu bewegen, das sehr gut wäre. Er solle es in den nächsten zwanzig Minuten immer wieder versuchen, um die Lungen- und Atmungsfunktion zu trainieren. Dann könne er bald auf seine Station zurück. Klare Anweisungen, klare Regeln. Der Basketballspieler strengt sich an, die Bälle tanzen in den Röhrchen, dann legt er das Gerät kurz zur Seite, bis er erneut danach greift. Mit jeder seiner Wiederholungen spüre ich deutlicher die Müdigkeit in mir. Die Augen immer wieder kurz zu schließen, fühlt sich nach Erholung an.

Dann sehe ich den Nephrologen zielstrebig auf mein Bett zusteuern. Vor Freude hebe ich die Hand und winke ihm entgegen.
Ich wollte nach Ihnen sehen, sagt er. *Alles ist komplikationslos verlaufen, die Niere hat sofort ihre Funktion übernommen. Wie fühlen Sie sich?*
Meine Hände sind warm, meine Füße auch, sage ich, *und die Niere pulsiert.* Wie eine kleine Bombe, denke ich.
Normalerweise würden Sie die Nacht auf der Aufwachstation verbringen, das wissen Sie. Aber alles ist ideal gelaufen. Sie sind auch wieder wach, sodass Sie später schon auf die Station zurückkönnen.
Ihre Augen müssen nur noch ein bisschen größer werden, fügt der Pfleger hinzu, der dazugekommen ist.

Jetzt fühle ich mich wie der Basketballer, mir wurde eine Aufgabe gestellt. Ich schaue zur *17* rüber, doch sein Bett steht nicht mehr da. Es ist etwas, das man schaffen muss, das ich schaffen will. Ich will spüren, dass mein Körper stark ist. Angestrengt versuche ich, meine Augen aufzureißen. Hallo, seht her, es geht mir gut, ich bin hellwach, will ich ihnen zeigen, auch wenn ich eigentlich nur in meinem Zimmer sein und schlafen möchte.

Hallo, sage ich leise, meine Stimme viel höher als sonst, beinah kindlich.
Hallöchen, antwortet mein Vater, *freut mich, dich zu sehen.*
Er streckt einen Arm nach mir aus, und ich tue es ihm nach. Wir müssen beide lächeln, der Abstand zwischen unseren Betten ist zu groß.
Das muss noch ein bisschen warten, sage ich.
Kein Problem, kommt es von ihm zurück, *weglaufen können wir erst mal beide nicht.*

Von nun an werden Sie alle sechs Stunden zum Ultraschall gefahren, sagt der Nephrologe. Ein DIN-A4-Blatt in der Hand, steht er vor dem Bett meines Vaters am Fenster. *Sehen Sie die Kurve?*, fragt er ihn. *Das ist der Kreatininwert, also der Nierenwert Ihrer Tochter. Bei 8,75 lag er am Anfang, jetzt ist er bereits auf 3,5 gesunken, und er wird mit jedem Tag weiter fallen, so wie wir es uns erhofft haben. Ich gebe die Grafik jetzt an Ihre Tochter*, fährt er fort, reicht mir das Papier, *weil die Niere nun ihr gehört.*

Der Arzt und ich müssen lächeln. Ich verfolge den Kurvenverlauf, lese die Werte auf der y-Achse.
Ich komme von nun an jeden Tag mit einem neuen Blatt, sagt er, *und Sie dürfen jetzt nur nicht krank werden. Sie wissen, Ihr Immunsystem wird geschwächt sein durch die Immunsuppressiva, die Sie von heute an einnehmen müssen.*
Ich nicke und nehme jedes seiner Worte sehr ernst.
Geben Sie am besten sehr wenigen Leuten die Hand.

Gegen 22:30 Uhr werde ich das erste Mal zum Ultraschall abgeholt. Ich bin aufgeregt. Wie die Niere wohl aussieht?
Den Weg dahin kenne ich inzwischen. Sichtspiegel in den Kurven geben über Gegenverkehr in den schmalen Fluren Aufschluss. Menschen verlangsamen Schritte, schieben sich dicht an die Wand. Weißer Stoff zieht sich meterlang über das Rohrsystem unter der Decke. Ich denke an das Material von Schlafsäcken und das Geräusch von Reißverschlüssen. Meine Arme schiebe ich unter die dicke Bettdecke, den kalten Luftzug auf den Gängen spüre ich nur im Gesicht.
Der Wachdienst ist wohl gerade pinkeln, sagt mein Fahrer und schiebt mich an einem Stuhl vorbei, darauf ein aufgeklappter Laptop, der Bildschirm schwarz. Hinter der nächsten Kurve parkt er das Bett an einer halbhohen Wand, die als Raumteiler fungiert.
Ich gebe Bescheid, dass Sie da sind, sagt er.
Bis später, sage ich.

Eine ganze Weile liege ich da, nichts passiert, es ist völlig still. Zeit für unsinnige Gedanken. Ich stelle mir vor, wie es wäre, jetzt zu verschwinden: Der Arzt öffnet die Tür und findet ein leeres Bett vor. Ich freue mich darüber wie ein Kind. Wie absurd die Gedanken auch sind, in diesen Momenten bereiten sie mir großen Spaß.
Mit einem Mal wird mir bewusst: Ich habe wirklich etwas überstanden, und das möchte ich allen zeigen. Ich verspüre einen Drang, die Umgebung zu erkunden. Ich drücke auf die Schaltfläche für die Höhenregulierung, bis mein Kopf ein wenig höher liegt, mein Sichtfeld sich erweitert hat. An der Wand auf Höhe meiner Schulter entdecke ich eine Steckdose. Auch für längere Wartezeiten ist also alles eingerichtet, denke ich, und bin froh, dass ich hier im Krankenhaus kaum ein Bedürfnis habe, mein Smartphone zu benutzen. Um noch mehr zu sehen, fahre ich die gesamte Liegefläche in die Höhe, sodass ich über die halbhohe Wand spähen kann. In einer Nische erblicke ich einen in modernem Design eingerichteten Wartebereich: Zwei weiße Kunststoffstühle mit schalenförmigen Sitzflächen und eleganten Chromfüßen stehen um einen runden Tisch im gleichen Farbton. Der Eindruck eines unberührten Bildes entsteht. Das Interieur erinnert allerdings eher an einen Essbereich als an ein Krankenhaus.
Hinter meinem Kopf sind Schritte zu hören. Als hätte man mich bei etwas ertappt, tastet meine Hand sofort nach der Bedienung, um die Liegefläche zu senken. Doch ich greife daneben und schiebe sie aus

der Sicherung. Bücken heißt bewegen, und bewegen ist aussichtslos, also versuche ich gar nicht erst, sie wieder heraufzuangeln. Ich fahre mir noch schnell durch die Haare.
Wer hat Sie denn so hinaufkatapultiert?, fragt der Arzt in Blau, der nun neben mir steht.
Der Bettenschieber, schießt es viel zu schnell aus meinem Mund hervor.
Ich weiche seinem Blick aus, versuche das Bild beiseitezuschieben, wie die Bedienung am Kabel über dem Boden baumelt. Der Arzt geht in die Hocke und klickt die Steuerung wieder in die Verankerung. Ich habe ein schlechtes Gewissen, gelogen zu haben, flüchtig versuche ich, seine Gedanken am Gesichtsausdruck abzulesen.
Er lächelt, dann sagt er: *Sie sehen nicht aus, als hätten Sie heute eine Operation gehabt. Sie haben eine gute Gesichtsfarbe.*
Ich fühle die Wärme in meinen Wangen, ohne dass meine Hände sie berühren müssen.

Auf dem Monitor umkreist der Stift des Arztes zwei sichtbare Flächen: *kleine Hämatome, Blutergüsse*, sagt er. *Völlig normal nach einem solchen Eingriff. Seit der Operation haben sie sich nicht vergrößert, das ist ein gutes Zeichen. Alle Werte sind im Normbereich.*

Die Transplantatniere wurde in die linke *Fossa iliaca*, eine große Knochenmulde auf der Innenseite des *Os ilium*, eines Teils des Hüftbeins, implantiert. Sie liegt dadurch sehr oberflächlich. Die alten Nieren bleiben (und verkleinern sich mit der Zeit immer weiter, da sie keine Funktion mehr haben).

Und? Wie sieht's aus?, fragt der Bettenschieber.
Alles bestens, antworte ich.
Diesmal öffnen sich die Glastüren nach innen. Der Mann vom Sicherheitsdienst sitzt wieder auf dem Stuhl und hat sich einen zweiten dazugeholt. Über der Lehne hängt seine Leuchtjacke, auf der anderen Sitzfläche steht der Laptop. Das dunkelbraune Haar trägt er schulterlang, die Brille weit oben auf der Nase, ganz dicht vor den Augen. Kurz nickt er uns zu. Mit beiden Füßen fest am Boden und den Laptop stets zur Hand, erweckt er den Eindruck ständiger Bereitschaft.
Die Innenbeleuchtung spiegelt sich in den Fensterscheiben, sodass ich von draußen nur Dunkelheit wahrnehmen kann. Das Bett rollt über das rote PVC der Brücke. Durch die enorme Raumhöhe klingen die Geräusche heller. Begrenzt wird sie durch einen massiven Holzbalken an der Decke, der sich bis zum Ende der Brücke zieht. Wie eine Pfeilspitze wirft sein Schatten dort eine Dreiecksform auf das weiße Mauerwerk. Eine Art Wegweiser, denke ich. Wir folgen der Route.

Je näher wir der Nephrologie-Station und dem Zimmer, in dem mein Vater wartet, kommen, desto deutlicher festigen sich die Gedanken in meinem Kopf. Ich möchte lernen, mehr zu sagen von dem, worauf es wirklich ankommt. Es geht auch darum, dem näher zu kommen, was ich fühle. Ich möchte ihm *Danke* sagen für die Niere.

Als der Bettenschieber mich wieder in der richtigen Position geparkt und die Tür hinter sich geschlossen hat, erwidere ich den Blick meines Vaters.
Alles in Ordnung, sage ich ruhig. Seine Gesichtszüge entspannen sich sofort, und er versucht, im Bett ein wenig hochzurutschen. *Jetzt bin ich müde.*
Hast du Schmerzen?
Ich fühle nichts.
Falls doch, da sind Tabletten, sagt er, und ich sehe einen kleinen Becher auf der Tischablage, den wohl der Nachtdienst gebracht hat.

16

SMS an alle Freunde, auch an J.:
Guten Tag, Leben!

Zum Frühstück bekomme ich Brötchen mit Käse und den ersten Kaffee nach mittlerweile 35 Stunden. Wie sehr ich mich freue über dieses so einfach bestückte Tablett!
Und ich kriege nur Grießbrei, sagt mein Vater und zieht eine Schnute.
Sofort höre ich eine Mischung aus Vorwurf und enttäuschter Erwartung heraus. Noch kenne ich längst nicht alle Töne und Facetten seines Sprechens. Also kann ich nur raten. Doch ich spüre, seit der Operation bin ich ganz durchlässig.
Wir sind beide in OP-Hemden ans Bett gefesselt.

SMS von J.:
Ich freue mich mit auf dieses Leben!

Den Körper auf die Seite drehen, die Beine anziehen und den rechten Arm aufstützen. Beim Hochbeugen immer ausatmen, sagt der Mann von der Physio.

Ab heute Thrombosespritzen morgens und abends.

SMS an meine Schwester:
Ich hab's heute bis auf die Waage geschafft. Die Waage stand direkt vor meinem Bett. Und eigentlich haben mich die starken Arme des Physio-Mannes draufgestellt.

Jetzt gerade fühlt es sich wie eine kleine Zeitbombe da links unten an. Es pocht in den Adern und Venen: fleißige Durchblutung, denke ich. Ich bin ein bisschen nervös. Meine Schwester kommt gleich, und sie soll es hier unbedingt übersichtlicher, schöner machen. Ich fühle mich ungenügend, weil ich nicht aufstehen, nichts selber machen kann. Weil ich auf Hilfe angewiesen bin.

Manchmal möchte man unbedingt besucht werden. Man hört Gesprächsfetzen auf dem Gang und denkt immer nur: Bitte, bitte, kommt zu mir. Man fühlt sich verlassen, sucht Aufmerksamkeit, viel passiert ja nicht.

In diesen Tagen sprechen wir wenig, ohne dass es seltsam ist. Wir machen die gleichen vorsichtigen Bewegungen. Das kurze Innehalten beim Umdrehen, sobald der Schmerz zu spüren ist. Die Ungeduld, dass der eigene Fortschritt schneller gehen soll, ist uns gemeinsam.

Bevor wir frühstücken, kommt der gut aussehende Arzt zum Blutabnehmen. Er spricht mit Akzent, seinen Nachnamen habe ich mir nicht merken können, als er sich vorstellte, meine Aufmerksamkeit hing ganz an seinem Gesicht mit dem Dreitagebart. Nun stehe ich extra früher auf, mache mein Bett, positioniere die Arbeitsmaterialien und Bücher darauf, spare mit Sorgfalt die imaginäre Fläche aus, auf der er gleich Platz nehmen wird, sobald ich den Pulloverärmel hochziehe. Auf sein Namensschild am Kittel kann ich nie lange starren, ohne dass es auffällig wird, ich will nicht rot werden. Hinten steht ein -escu, so viel merke ich mir, bis er sich wieder bewegt und ich mich ärgere, es erneut verpasst zu haben, den kompletten Namen zu entziffern. Ich warte also auf den nächsten Tag. Einmal lese ich ihn dann tatsächlich, er ist lang und kompliziert, und dann ist der Arzt schon wieder aus der Tür raus, und ich habe den Namen vergessen.

Willst du meine Kiwi?, fragt mein Vater. *Ich mag keine Kiwis.*
Ich schüttle den Kopf.
Er lässt das Obst auf dem Frühstückstablett liegen, faltet die Zeitung auf. Es ist angenehm still. Hin und wieder ist das Rascheln von Papier zu hören. Mein Vater sitzt auf seinem ordentlich gemachten Bett. Die Beine übereinandergelegt, lässt er in seinen schwarzen Socken die Zehen kreisen. Klare Zeichen von Entspannung.

Später bringt der Nephrologe zum ersten Mal kein Blatt mit, stattdessen verschränkt er die Arme hinter

dem Rücken, zieht die Augenbrauen hoch, die nun noch kräftiger scheinen.
Ihre Kaliumwerte sind ziemlich schlecht, sagt er zu meinem Vater.
Verstehe, antwortet der nur.
Ich sehe da gerade eine Kiwi auf Ihrem Tisch, essen Sie die mal!

Mein Vater: *Wo ist denn noch viel Kalium drin?*
Ich: *Bananen.*
Er: *Dann werde ich morgen Bananen kaufen.*
Ich: *Das pendelt sich schon wieder ein. Bei der Dialyse wärst du mit so wenig Kalium im Blut jedenfalls ein Vorzeigepatient.*

Es ist die Erkenntnis, dass sie einem wirklich helfen. Die Ärzte. Im Krankenhaus bewirkt die Akzeptanz, jemanden an mich heranzulassen, weder ein Nachgeben noch ein Gefühl der Schwäche, sondern ergibt sich aus uneingeschränktem Vertrauen.

Das erste Mal bis zur Waage auf dem Flur laufen, um den ersten Kaffee selbst zu holen. Dass ich so weit gekommen bin, zehn Meter den Gang runter – und dann sind alle vier Thermoskannen leer. Das erste Mal Haare waschen, weil ich es einfach nicht mehr aufschieben kann. Mich dabei total nass spritzen und Schmerzen haben, mich verheddern zwischen den beiden Beuteln und wissen, es wäre besser gewesen, noch zu warten, und doch diese Verbissenheit, mit der ich vorgehe. Danach mit roten Wangen, erhobenem Kopf und weißem Handtuchturban das Bad verlassen und mich richtig gut aussehend fühlen.

Als mein Vater den Blasenkatheter gezogen bekommt, zieht er sich seine blaue Jogginghose und ein schwarzes T-Shirt an, so zügig, als hätte er nur darauf gewartet. Jeglicher Schmerz scheint vergessen. Ich schaue ihm zu und empfinde so etwas wie Neid. Ich muss mich selbst ermahnen, langsam zu machen. Ich habe noch volle fünf Tage mit dem Blasenkatheter vor mir. Er greift nach der weißen Tasse auf dem Nachttisch, schlüpft in die Badelatschen. Vor meinem Bett bleibt er stehen.
Soll ich dir einen Kaffee mitbringen?
Nein danke.
Willst du was anderes?
Ich schüttle den Kopf. *Nichts.*

Ich sitze vor dem Ultraschall und warte, dass man mich aufruft. Da steht der gut aussehende Arzt plötzlich vor mir, aufgeweckt und aufmerksam fragt er: *Wie geht es Ihnen?* Und plötzlich läuft alles automatisch, ich erwidere seinen offenen Blick, weil es sich ganz natürlich anfühlt, als wäre seine Art auf mich übergesprungen. Der Urinbeutel klemmt wie eine Handtasche über meinem Unterarm, aber das ist nicht wichtig. Ärzte sehen so was jeden Tag. Ich frage ihn, woher er kommt.
Von der Vormittagsvisite, sagt er.
Nein, nein, sage ich, *ich meine, aus welchem Land?*
Aus Rumänien.

Einmal spreche ich ihn mit Du an, wechsle aber schnell wieder ins Sie.
Später denke ich: Manchmal begegnet man sich auf der Straße. Es gibt diesen kurzen Moment, in dem man sich ehrlich und offen ins Gesicht schaut, etwas preisgibt und trotzdem, ohne ein Wort zu wechseln, weiterläuft. Und doch hat man so viel gesagt. Einander erkannt.

Guten Tag. Ich habe Sie im Bett erwartet, sagt der Mann vom Ultraschall und gibt mir die Hand.
Es geht mir gut, erwidere ich.
Meistens kommen am fünften Tag alle noch im Bett. Sie laufen, das ist wunderbar.

Mit leichtem Druck bewegt der Arzt den Schallkopf vor und zurück über die Fläche links von meinem Bauchnabel. Das weiße Pflaster hat er abgezogen. Die Narbe versucht er auszusparen. Ich halte die Luft an, meine Bauchdecke zuckt ungewollt. Mein ganzer Körper ist angespannt. Das Ultraschallgerät faucht, immer wieder hört man ein Echo. Ein Geräusch, das mir gefällt. Mein Blick verfolgt den Cursor auf dem Monitor, wie er Abstände, Durchmesser und die Organdurchblutung misst.
Ihre Herzschlagfrequenz ist sehr gleichmäßig. Bei den meisten Patienten geht sie wegen der Aufregung in die Höhe. Nehmen Sie Herztabletten?, fragt der Arzt.
Einen Betablocker habe ich noch drin. Ja.
Ihr Herz wird sich erholen mit der neuen Niere.

Mit jedem Tag kommen mehr Energie und Vertrauen in meinen Körper, mehr Selbstverständlichkeit und Interesse für die Dinge, die nun die volle Beachtung verdienen. Ich träume viel von Vergangenem. Von Beziehungen zu Menschen, zu denen ich keinen Kontakt mehr habe. Es sind neue Sichtweisen, die sich öffnen. Ich glaube zu wissen, dass Dinge neu entstehen können aus dem Alten, nur anders. Wenn man bereit ist, sie so zu sehen. Ich freue mich auf dieses Leben.

Die Spender wollen nie gehen, sagt Daniel, der mich von der 11 ins Zimmer 7 verlegt, nachdem mein Vater offiziell entlassen wurde.
Und wenn was passiert?, hat mein Vater gefragt. *Dann kannst du mir auch nicht weiterhelfen*, habe ich erwidert.
Viele Spender glauben, weiterhin helfen zu können, auch wenn sie das Organ schon abgegeben haben, sagt Daniel.
In Zimmer 7 bekomme ich den Fensterplatz. Sonnenlicht fällt durch Nebelschwaden. Die schmalen Wege, schachbrettartig zwischen den roten Backsteingebäuden, erinnern an eine andere Zeit, verwunschene Friedlichkeit.

Frau Naumann, einundfünfzig, Brille, kurzes Haar, eine Mischung aus blond, grau und grün, geht immer wieder ein paar Schritte im Zimmer umher. Mit der Linken hält sie sich das lange OP-Hemdchen hinten zu, mit der Rechten trägt sie ihre drei Flüssigkeits-

beutel: vom Blasenkatheter, von der Wunddrainage und etwas Farbloses, das ich nicht zuordnen kann. Am Fenster neben meinem Bett bleibt sie stehen. Sie dreht sich um, schaut auf mein Tablett, das noch vom Mittag dasteht. Es ist kein flüchtiger Blick, vielmehr verharrt sie eine ganze Weile in dieser Position, begutachtet die Birnenschale auf dem Teller, die Reste des Fischfrikassees. Frau Naumann hat nur Flüssignahrung zum Mittag bekommen: Erdbeer-, Vanille- und Schokodrinks.
Ich kann das nicht mehr ertragen, sagt sie, jetzt auf ihrer Bettkante sitzend, rückenfrei, der Blick zur Wand.

Eine Schwester schiebt ein drittes Bett herein. In die Mitte zwischen Frau Naumann und mich, wo die ganze Zeit eine leere Fläche war, die keine von uns betreten hat. Daniel stellt drei große Plastiktüten auf einem der Stühle am Tisch ab. Als die Tür sich wieder schließt, mustern Naumann und ich die ältere Frau unauffällig von beiden Seiten. Die Hände über der Brust gefaltet, den Mund leicht geöffnet, schnarcht die Fremde friedlich. Frau Naumann steht unbeweglich an der Zimmertür, kann den Blick nicht abwenden.
Später flüstert sie: *Sie heißt Emilie, ich habe es an ihrem Bett gelesen.*

Emilie ist fünfundneunzig, und es gibt keinen, der darüber nicht staunt, weil man es ihr ganz und gar nicht ansieht. Zum ersten Mal bin ich mir sicher, dass das von ihrem Blick aufs Leben herrührt. Emilies beste Freundin ist vierzig Jahre jünger, Mira, Chirurgin.

Ich fahre Rad, Auto, mache jeden Morgen Gymnastik, wie vor dreißig Jahren, sagt Emilie und bürstet dabei die braun gefärbten Haare zu beiden Seiten glatt. *Gott sei Dank bin ich nicht abhängig. Weder von meinen Kindern noch von sonst wem.*

Schwester: *Und wie fühlen Sie sich?*
Emilie: *Wie immer. Ich sehe ganz normal. Ich höre schlecht. Auf dem rechten Ohr gar nichts, mit dem linken geht es, aber nur wenn die Leute nicht durcheinandersprechen.*
Schwester (spricht etwas lauter und deutlicher): *Atmen Sie bitte ein paarmal aus und ein.*
Eine ganze Weile ist es still im Zimmer, nur Emilies Atmen ist zu hören.
Schwester: *Verraten Sie mir, wie Sie das mit dem Alter machen?*
Emilie: *Wissen Sie, das Wichtigste sind Freundschaften. Die eigenen Kinder gehen doch irgendwann und haben ihr eigenes Leben. Freundschaften und Freude. Meine Enkelin wurde im Inkubator vergessen. Sie heißt Olivia und ist so ein liebes Kind. Ich sage immer Kind. Aber sie ist eine junge Frau. Sie spricht nicht, aber hat so eine Freude immer. Komme ich zur Tür herein und frage: Wo ist denn meine Olivia?, dann hebt sie mit einer beschwingten Leichtigkeit den Zeigefinger in die Luft, als würde sie sich wie in der Schule melden. Hier, hier, meint sie dann.* (Emilie lacht.) *Wisst ihr, die meisten*

sagen doch immer, so, jetzt bin ich siebzig, jetzt bin ich alt und setze mich zur Ruhe. Wenn Sie diesen Gedanken nicht haben, können Sie alles ändern.

SMS von meinem Vater (mit Ballon-Effekt gesendet):
Wie war der erste Tag ohne schnarchenden Nachbarn? ;)

Die Bettdecke auf dem Schoß, sitzt Frau Naumann zum Essen wieder rückenfrei und mit Blick zur Wand auf ihrer Bettkante. Dann tauscht sie die Decke gegen den Frotteemantel. Vielleicht ist ihr kalt, vielleicht ist es ihr aber auch nur unangenehm, dass jederzeit jemand vom Personal im Zimmer stehen könnte. Ich starre auf ihren Rücken, während ich mit der Gabel eine Kartoffel von meinem Teller aufpicke.

Dicht an die Scheibe gedrängt, atme ich gierig Frischluft durch den Spalt des gekippten Fensters.
Frau Naumann: *Gibt's was zu sehen?*
Ich: *Kommen Sie her.*
Frau Naumann: *Ach, bis ich wieder aus dem Bett raus bin ...*
Ich: *Nun kommen Sie schon!*
Frau Naumann (stöhnt): *Diese Füße.* Ein paar Momente später: *Darf ich?*
Ich: *Immer.*
Sie hakt ihren Urinbeutel neben meinem an der Heizung ein.

Ich: *Riechen Sie mal die Luft!*
Sie atmet tief ein und lächelt mit geschlossenen Augen.

Die mobilen Daten schalte ich nicht mehr ein. Ich habe keine Angst mehr, etwas zu verpassen, über WhatsApp und die anderen Kanäle nicht erreichbar zu sein. Die wichtigsten Personen wissen, wo ich bin. Ich weiß jetzt, es gibt ganz andere Verlustängste.

Der Himmel zeigt ein kaltes, klares Dunkelblau, das die Sonne wärmer erscheinen lässt. Auf dem Dach des gegenüberliegenden Hauses sitzen drei Tauben in beinahe gleichem Abstand zueinander. Hin und wieder drehen sie ihre Köpfe, Bewegungen wie orchestriert: Ich denke an sich auf- und abwärtsbewegende Hände auf Kontrabass-Saiten, an Köpfe, die sich an Geigenstege schmiegen. Es sind bloß Tauben, aber im Sonnenlicht dort oben umgibt sie so etwas wie Erhabenheit.

Emilies Sohn kommt seine Mutter besuchen. Bleibt vor dem Bett stehen. Wir alle essen noch zu Mittag.
Emilie: *Ich muss beim Essen immer auf Ihren Rücken gucken.*
Frau Naumann: *Und ich guck an die Wand.*
Emilie (zu ihrem Sohn): *Setz dich doch, bitte.*
Der Sohn: *Na, ich bleib eh nur kurz.*
Emilie: *Deshalb kannst du dich trotzdem setzen.*
Er zieht den Stuhl von Frau Naumann näher vor das Bett seiner Mutter. Frau Naumann schaut kurz auf,

sagt nichts. Emilies Sohn lehnt sich zurück, verschränkt die Arme vor der Brust, macht die Beine auf dem Boden lang.
Emilie: *Post ist nicht gekommen. Oder?*
Der Sohn: *Nein, gestern nicht.*
Emilie: *Na, ich erwarte ja auch nichts.*
Der Sohn (etwas später): *Jetzt haben wir diese Themen alle durch.* Er lacht. *Post, Wetter, Parkhaus. Und was gibt's noch?*

Studentin: *Und haben Sie schon andere Operationen gehabt?*
Emilie: *Mit vierzehn wurde ich mal von einem Lastenträger angefahren, konnte danach aber sogar wieder Leistungssport betreiben. Ich habe gerudert und geturnt.*
Studentin: *Wie ist das deutlich geworden, also, das mit Ihrer kranken Niere?*
Emilie: *Gar nichts war vorher. Ich bin regelmäßig jedes Vierteljahr zu allen Ärzten hin.*
Emilies Sohn: *Also, weil man zur Anamnese besser auch Außenstehende befragen sollte, sage ich jetzt mal: So ganz stimmt das nun auch nicht. Blut war schon länger im Urin. Das wollte sie nur nicht sehen.*

Ein Mann im orangefarbenen Bademantel im Aufzug: *In welchen Stock möchten Sie?*
Ich: *Die Drei, bitte.*
Er: *Besuchen Sie jemanden?*
Ich: *Ich? Nein.*
Er: *Dann arbeiten Sie also hier.*
Ich: *Nein. Ich bin Patientin.*

Er: *Wirklich? Sie?*
Die Fahrstuhltüren öffnen sich, wir steigen aus.
Er: *Darf ich fragen, was Sie haben?*
Ich: *Eine neue Niere.*

Ich spaziere zur Übergangsbrücke. Am Panoramafenster kann ich nicht anders: Ich muss stehen bleiben und hinausschauen. Hier oben spüre ich ganz deutlich: Der Mensch möchte sehen und selbst nicht immer gesehen werden. Diese Sicherheit umgibt auch mich. Noch spüre ich nicht, dass mein Immunsystem schwächer wird. Die Niere fühlt sich gut geschützt an.

SMS von J.:
Lass mich wissen, wie es dir geht.

Ich vermisse das Wetter da draußen nicht. Durch das Glas der Scheibe dringt kein Pfeifen des Windes. Der Blick aus dem Fenster zeigt ein Stillleben: Weiße und graue Wolken liegen friedlich da. Hin und wieder ein Klappern von der Straße, Männer in orangefarbenen Uniformen, die Mülltonnen hinter sich herziehen. Mir gefällt es hier. Ich brauche weder Zeitungen noch Fernsehen oder Nachrichten.

Von nun an gilt: Meiden von Grapefruit (Zitrusfrüchten), Lakritz und Johanniskraut. Sie können die Immunsuppressiva hemmen.

Dienstags kommt die fahrende Bibliothek vorbei.
Emilie (zu der Frau mit dem Bücherwagen): *Wissen Sie, ich bin Schnellleserin. Man liest ja meistens doch nur einen Tag, und dann ist man durch.*
Ich leihe einen Krimi aus, denke an die Bücherregale meiner Mutter. Wie ich es liebte, davorzustehen und eines meiner alten Kinderbücher herauszuziehen.

In Badelatschen gehe ich über die Straße zu Lidl. Es macht Spaß, sich gegen den Wind zu lehnen, der kräftig von vorne kommt. Mir fällt wieder ein, wie sehr ich das Lebensmitteleinkaufen mag. Ich wähle Karotten, grüne Paprika und eine Tüte Chips. Obwohl ich bereits alles habe, schlendere ich weiter durch die Gänge, als gäbe es etwas Neues zu entdecken. Ich möchte einfach unterwegs sein. Es fühlt sich an, wie Freizeit von etwas zu haben, ungefragt. Ich mag den Gedanken, dass niemand weiß, wo ich bin.

Das Knacken der Paprika im Mund, das Reißen der Brotkruste beim Schneiden mit dem Messer und das dumpfe Kratzen der Gabel im Plastikschälchen mit dem Kohl-Radieschen-Salat sind meine Geräusche des Abends.

SMS von meinem Vater:
Solltest du am Montag rauskommen, hole ich dich gern ab und fahre dich nach Hause. Ich rede auch nicht so viel. :)

Ich kann bewusst an das neue Organ denken. Meistens vergesse ich es aber. Außer ich spüre das Ziehen. Dann halte ich inne, warte gespannt, was geschieht.

Ich werde in ein Zweibettzimmer im Erdgeschoss verlegt. Kaum geht es einem besser, wird man abgeschoben. Ich genieße die Stille, noch ist Plastikfolie über das andere Bett gezogen. Ich lese J.s Nachricht erneut. Ich weiß, ich sollte antworten, irgendetwas. Immer wieder ist da dieser Gedanke: Ich kann nicht weitermachen, wo wir aufgehört haben. Oft vergesse ich ihn. Da ist ein Antrieb, zu sehen, wie ich mich draußen allein bewege.

Einmal tief einatmen und dann kräftig auspusten, sagt die Schwester.
Ich kenne diesen Satz, den sie auch schon zu meinem Vater gesagt hat. Eine praktische Übung. Sie wird mich auffordern, den Vorgang zu wiederholen, um zur eigentlichen Anwendung zu schreiten. Ich atme tief ein und puste ausgiebig langsam aus.
Und ein zweites Mal, bitte, sagt sie.
Sofort spüre ich eine Angespanntheit im Bauch, in den Oberschenkeln, den Händen, die sich ganz flach auf die Folie pressen.
Ich kann nicht, sage ich.
Das habe ich mir gedacht. Der Schlauch ist aber schon draußen, sagt die Schwester, lässt Schlauch und Urinbeutel in einem Eimer verschwinden und zieht die Handschuhe aus. *Wissen Sie, ich kenne viele Patiententypen. Ich vermute, Sie gehören zu den Beobachtern.*

Sie saugen alles auf. Wollen sich alles erklären können. Lernen fleißig. Manchmal macht das Ihr Körper aber in der Praxis nicht mit, weil ihm längst nicht alles übermittelt werden kann. Für vieles werden Sie nie eine Erklärung finden. Aber Sie haben einen Willen, der alles aufrechterhält. Den nimmt Ihnen keiner.

Manchmal geht der Griff noch nach links unten an den Bettrand, bis ich bemerke, dass der Urinbeutel nicht mehr da ist.

Die Kinder essen Erdbeertorte von Papptellern. Der Vater trinkt Espresso, die Mutter nichts. Die Oma macht über dem Tisch den Arm lang, hin zum Teller zwischen den Kindern, ein drittes Stück Süßigkeit, nimmt mit dem Zeigefinger ein paar Krümel der Belgischen Waffel auf.
Willst du nicht die Hälfte?, fragt die Mutter.
Nein, ich will keinen Kuchen, antwortet die Oma.

Ich bekomme eine neue Bettnachbarin. Wir tauschen Dialyse-Erfahrungen aus. Sie geht in Britz zur Blutreinigung. Dort gibt es nur eine Schwester für sechs Leute. Die Patienten hätten untereinander aber alle ein sehr herzliches Verhältnis.
Wir sprechen ganz viel, sagt sie, *sie sind wie eine zweite Familie.*
Das erste Mal sehe ich einen Shunt aus direkter Nähe. Ich habe ihn mir nie richtig anschauen können bei meinen Leuten. Sie hat ihn am Oberarm, weiter unten habe es nicht funktioniert.

Am Morgen schläft sie lange, schnarcht. Nach dem Frühstück offenbart sie mir, eine Zeugin Jehovas zu sein.

Bevor man mir den Demers-Katheter entfernt, bin ich aufgeregt. Viereinhalb Monate hat er durchgehalten. Ich wünsche mir noch einmal diese Flut an Bildern, die ich nach dem Aufwachen aus der Narkose für die Transplantation erlebt habe. Doch sie bleibt aus. Das, was man mir spritzt, verursacht bloß einen leichten Schwindel, viel zu schnell vergeht er wieder. Kurz bin ich enttäuscht. Doch ich weiß, ein solcher Zustand lässt sich nicht wiederholen.

17

Die Bäume, mit ihren prachtvollen Kronen, die ich früher kaum beachtet habe, wecken nun schon von Weitem meine Aufmerksamkeit. Mächtig und erhaben stehen sie da. Ich trete auf die selten befahrene Straße, von ihrer Mitte aus lässt sich viel mehr sehen. So komme ich endlich nach Hause.

Meine asiatische Mitbewohnerin empfängt mich mit einem riesigen Blumenstrauß.
Danke, sage ich gerührt, *aber die musst du in dein Zimmer stellen. Blumen bergen Keime und sind gefährlich für mich.*

Später klopfe ich an ihre Tür, reiche ihr ihre *I love Germany*-Lieblingstasse von Starbucks mit einem Beutel grünen Tee darin und sage: *Ich wollte dich wirklich nicht vor den Kopf stoßen.*
Sie versteht. *Sag mir, womit ich dir helfen kann. Ich möchte dich unterstützen.* Am Abend kochen wir Pasta mit Feta und Walnüssen. *Schön, dass du wieder da bist*, sagt sie.

Ich fühle mich unsicher, möchte alles auf einmal: die Ruhe und Zurückgezogenheit zu Hause genießen und wieder arbeiten gehen, eine Beschäftigung haben. Ich sitze in der überfüllten Tram und habe Angst, die Frau mit den Stöckelschuhen könnte in der nächsten Kurve auf mich fallen. Als könnte das die neue Niere schützen, lege ich die Arme vor den Bauch.

Abends liege ich im Bett und wünsche mich ins Krankenhaus zurück, wo alles so einfach und übersichtlich war. Werde ich je wieder einem anderen Menschen meinen Körper hingeben können?

Ich denke an J. und dass ich nicht feige sein will. Über WhatsApp schicke ich ihm gesammelte Bilder aus der Krankenhauszeit:
– ein Café-Hag-Löskaffee-Stick;
– die aufgeschlagene Taschenbuchausgabe von Henning Mankells *Mord im Herbst* neben einer geschnittenen Paprika, einer 20-g-Quarkpackung und einem Käsebrötchen, garniert mit Babymaiskolben aus dem Glas;
– mein Urinbeutel an der Bettkante;
– die Packungen der acht verschiedenen Tabletten im Baukastensystem, deren Aussehen und Namen ich nie wieder vergessen werde;
– meine blauen Badelatschen auf dem gelben Linoleum;
– der Sichtspiegel in der Kurve vor der Gebäudebrücke;

– und schließlich: die Blumen meiner Mitbewohnerin auf dem Küchentisch.

Nach einer Woche gehe ich das erste Mal in die Ambulanz der Nephrologie zur Blutabnahme. Dr. Diehl sagte, dass gegen neun, während alle auf die Ergebnisse warteten, viele Patienten dort ihr Frühstück zu sich nähmen. Ich habe mein Frühstück dabei, ein bisschen aufgeregt bin ich, möglicherweise auch die anderen Transplantierten zu sehen.
Doch gegen neun und auch später frühstückt hier niemand, gesprochen wird auch nicht. Irgendwann knurrt mir der Magen so sehr, dass ich nicht mehr warten will. In der Stuhlreihe auf dem Korridor beginne ich meine Beeren-Haferflocken aus dem Glas zu löffeln. Zwei Männer klopfen an die Tür des Transplantationsbüros. Vater und Sohn, denke ich.
Ich entdecke Dr. Diehl.
Wie geht es Ihnen? Gut sehen Sie aus, sagt er.
Kurz wünsche ich mir, wir könnten uns länger unterhalten, uns vielleicht sogar auf einen Kaffee verabreden, außerhalb des Krankenhauses. Ich habe ihm viel zu verdanken. Doch seine Augen sind schon bei den beiden Männern, und dann verstehe ich, dass das hier jetzt nicht mehr mein Leben ist. Ich muss mein neues Leben selbst bestimmen.

Die Nacht war stürmisch vor den Fenstern. Als hätte das Wetter mich wieder verändert, fühlt sich der Tag nach Besserung an. Raus gleich nach dem Frühstück.

Dann vor der Tür: Es regnet ja. Als hätte ich nie Regen gesehen. Als hätte ich mich nie mehr gefreut, ihn auf der Haut zu spüren. Voller Lust kaufe ich Gemüse für einen Eintopf, ein Kindheitsessen. Lange stehe ich dafür in der Küche. Später wische ich den Kühlschrank aus, ordne alles akkurat.

Manchmal frage ich mich, ob sich mein Vater in unser Zimmer zurückwünscht, weil er spürt, die Nähe dort werden wir vielleicht nie mehr erreichen. Wir hören uns etwa einmal die Woche. Ich erzähle, wie sehr ich mich auf die Zeit freue, wenn ich endlich wieder reisen darf. Er fragt, ob ich Lust habe, ihn in den Botanischen Garten zu begleiten, vielleicht komme meine Schwester ja auch mit und meine Oma.

Ich male mir aus, vor meiner Mutter zu stehen. Ich möchte ihr Gesicht sehen. Ob es sie bewegt. Jetzt fühle ich mich stark, glaube, dass mich so leicht nichts mehr erschüttern kann.

Nach drei Wochen gehe ich wieder arbeiten, viel zu früh, sagen die Ärzte, aber sie willigen ein. Ich muss versprechen, auf keinen Fall schwer zu heben – noch die nächsten zwei Monate. Am Abend bin ich erschöpft, der ganze Körper schmerzt.

Vor dem Küchenfenster finde ich die kläglichen Überreste des Rosmarins. Ich kippe die alte Erde aus den Töpfen, möchte alles neu bepflanzen.

Manchmal fragt mein Vater, ob ich etwas von meiner Mutter gehört habe. Aber wir sprechen nicht viel über sie. Ich könnte ihm viele Fragen stellen zu der Zeit, als er noch da war, und zu der danach. Aber es fühlt sich nicht richtig an. Im Moment vermisse ich nichts.

Wir sitzen im Auto, sind auf dem Weg zum Baumarkt. Mein Vater hilft mir mit einer neuen Arbeitsplatte für die Küche.
Wie läuft es mit dem Rauchen?, frage ich.
Na ja, ich versuche weiter aufzuhören. Es ist schon weniger geworden, aber vielleicht habe ich einfach noch nichts gefunden, was es ersetzen kann.
Ist ja deine Sache, sage ich und frage ihn nach einem Bonbon. Ich weiß, er wird sich dann auch einen in den Mund stecken und vielleicht noch etwas länger nicht an eine Zigarette denken. Aus der Ablage neben dem Lenkrad greift er nach der Packung Fisherman's.
Sind aber die Weißen.
Ich ziehe die Augenbrauen hoch und halte ihm die Handfläche hin. Er ahmt meinen Gesichtsausdruck nach.
Kann ich auch, sagt er.
Ich muss lachen. *Das werde ich aushalten.*
Er schüttet mir zwei Bonbons aus der Packung in die Hand und greift dann ebenfalls hinein.

Als wir über den Parkplatz zum Eingang des Baumarkts gehen, brennt die Vormittagssonne auf meinen Oberarmen. Ich greife nach der Tube Sonnen-

schutz in meinem Beutel und verteile Creme auf der Haut. Sie ist viel empfindlicher geworden. Das Licht ist grell, ich kneife die Augen zu, bis uns die Überdachung des Areals Schatten spendet.
Ich muss noch Blumenerde kaufen. Im Baumarkt haben sie immer nur so große Mengen, sage ich und steuere auf den Eingang vom Edeka nebenan zu.
Mit der Blumenerde stehe ich schließlich an der Kasse. Einen Augenblick später stellt er zwei Flaschen Cola hinter mir aufs Band.
Auch eine?
Ich nicke.
Die paar Euro zahle ich, sagt er und legt die Flaschen auf die Blumenerde, damit die Kassiererin gar nicht fragen muss, ob alles zusammengehört.
Ist okay, antworte ich.

Ich pflanze Rosmarin und Lavendel auf das Küchenfensterbrett, während mein Vater die Maße des Spülbeckens nimmt, um mit der Stichsäge eine Fläche aus der Arbeitsplatte zu schneiden. Seine handwerkliche Hilfe in der Wohnung nehme ich gern an. Andere Bereiche meines Lebens kann ich nicht mit ihm teilen, im Moment nicht und vielleicht auch nie. Es ist auch nicht so, dass ich mir eine engere Beziehung wünsche.

Ich habe mich nicht innerhalb der Frist für mein Psychologie-Fernstudium zurückgemeldet. Ich weiß nun, dass dieses weitere Studium eine Schutzbehauptung war. Eine passende Antwort auf die Frage:

Und was machst du? Und gleichzeitig Rechtfertigung für mich selbst, keine Entscheidung treffen zu müssen. Diese vermeintliche Sicherheit brauche ich jetzt nicht mehr. Vielmehr möchte ich etwas in der Hand halten können und sagen: Hier, das habe ich gemacht.

Ich laufe die Treppe nach unten, dort steht ein Mann im Hauseingang. Er hat mir den Rücken zugedreht. Die Mütze, diese Statur und Haltung: Schlagartig denke ich an J. Er ist es nicht, doch bin ich erschrocken, so lange nicht an ihn gedacht zu haben. Ich muss ihn anrufen, so bald wie möglich.

Natürlich hat dieses Jahr mich verändert. Es gibt da auf jeden Fall eine Gelassenheit. Manchmal hängen Personen und Vorgänge untrennbar verknüpft aneinander, und man kann sich nur zusammen von ihnen trennen. Auch J. gehört dazu. Es gibt dafür keine richtige Erklärung.

18

Als ich das Geräusch meiner Schuhe auf dem Asphalt wahrnehme, erinnere ich mich wieder: Wie ruhig diese Gegend ist. Hinter seinem Gartenzaun sehe ich Herrn Kron, den Nachbarn meiner Mutter, als hätte sich nichts verändert.
Ich dachte schon, Sie gibt's nicht mehr!, ruft er herüber und trägt ein Stück Holz auf der Schulter.
Ich grüße ihn freundlich.
Da ist aber keiner zu Hause!, ruft er mir hinterher.
Ich weiß, sage ich, ohne mich umzudrehen.
In der Einfahrt steht wie erwartet keins der beiden Autos. Meine Mutter ist um diese Zeit bei den Pferden und ihr Freund im Studio. Ihr Zimmer ist dunkel, und auch hinter den anderen Fenstern ist kein Licht. Ich öffne das Gartentor, gehe ums Haus herum, trete auf die Terrasse. Ich muss an den Morgen denken, als meine Mutter mit einem ihrer neu erworbenen Hühner in der Küche stand. Ich setzte gerade Kaffee auf. Der Hund beschnupperte neugierig die gelben Krallen, und ich streichelte den Kopf des Tieres.
Das ist Lessing, sagte sie.

Nicht dein Ernst, antwortete ich.
Gieß lieber den Kaffee auf, sonst ist das Wasser wieder kalt, waren ihre Worte.
Durch die Terrassentür fällt mein Blick auf den Wasserkocher, dessen Glas blau leuchtet, sobald Wasser darin zu kochen beginnt. Das Gerät steht, wo es immer steht, genau wie der leere Messerblock neben der Spüle, dessen Messer auf die Schubladen verteilt sind. Meine Augen suchen etwas, das nicht dem bekannten Bild entspricht. Eine Neuigkeit, eine Irritation, die mir die Existenz des vergangenen Jahres bestätigt und alles, was passiert ist, wirklicher erscheinen lässt. Doch da ist nichts.
Ich sehe Leo auf dem Laminat alle viere von sich strecken, als sei er gerade aufgewacht. Er wedelt mit dem Schwanz und stupst die Nase an die Scheibe. Das Fell um sein Maul ist grau geworden. Ich lege die Hand ans Glas, der Schipperke jault, und mir treten Tränen in die Augen.
Hallo, mein Lieber, flüstere ich. *Ich kann nichts machen, die Tür ist zu. Es tut mir leid.*
Ich laufe die Terrassenstufen hinunter, ohne mich umzudrehen. Ich weiß, dass Leo ans große Wohnzimmerfenster sausen wird. Von dort kann er mich im Garten sehen. Ich streife um den Plastikpool, den meine Mutter im letzten Sommer für den Hund gekauft hat. Blätter, Insekten und ein von der Leine gefallenes Geschirrtuch schwimmen im Wasser, dessen Oberfläche die Zweige der Lärche widerspiegelt.

Als ich das Gartentor schließe, steht Herr Kron am Zaun seines Grundstücks, das Gesicht der Sonne zugewandt. Neben ihm ein blauer Müllsack, die obere Hälfte einer Strohpuppe ragt heraus. Ein gutes Bild, denke ich. Mit der Handykamera zoome ich ihn heran und drücke den Auslöser.

Das gelbe Abendlicht erreicht noch die Fassaden, dort, wo die Häuser frei stehen. In ihren großen Fensterscheiben spiegeln sich tief hängende Wolken über den ausladenden Armen der Kräne. Als der Bus um die nächste Kurve biegt und an einer Ampel hält, sind die Gehwege plötzlich wieder von Menschen bevölkert, die in der Abendsonne flanieren. Eine Gruppe sitzt vor einem Café, der Tisch ist mit Wein- und Sektgläsern bestückt. Ich sehe lachende Gesichter. Zwei Männer stehen auf dem Gehweg in Richtung des Straßenverkehrs. Der eine hat volles Haar und einen dezenten, attraktiven Bart. Der andere ist klein, etwas rundlicher mit muskulösen Oberarmen. Sie reden miteinander, während ihre Blicke herumschwirren. Dann schnippt der Kleinere seine Zigarette weg. Sie kehren der Straße den Rücken, verschwinden hinter einem Gebäudevorsprung, und der Bus fährt an.

Hin und wieder denke ich, dies und das kann ich nicht mehr machen. Ich kann mich nicht mehr so einfach in die Einsamkeit der Natur zurückziehen, weit weg von jeder medizinischen Versorgung. Ich kann auch nicht mehr ganze Nächte durchmachen und viel Alkohol trinken. In solchen Momenten überfällt mich kurzzeitig Wehmut. Doch wenn ich ehrlich bin, geschieht das, bevor ich mir die Frage stelle, ob ich es überhaupt noch will.

J. sitzt auf der obersten Treppenstufe, er hat sein Fahrrad ans Ladenfenster gelehnt und schleckt an einem Eis. Das gefärbte Braun ist mittlerweile herausgewachsen. Er trägt das Haar kurz. Eigenartig fremd wirkt er, doch als er mich sieht und die Arme öffnet, erkenne ich ihn wieder.
Er rückt ein Stück zur Seite, und ich setze mich neben ihn. Er streicht mir über den Hinterkopf.
Die neue Haarlänge steht dir gut, sagt er. *Ich habe es ja bisher nur auf Fotos gesehen.*
Ich nicke stumm. *Vielleicht klingt es doof, aber ich muss alles loslassen*, sage ich dann. *Das gehört jetzt irgendwie dazu.* Ich weiß, ich möchte nicht mehr zurück.
Manchmal ergeben bestimmte Dinge einfach keinen Sinn mehr, sagt er, *ich weiß. Auch wenn ich es schade finde.*
Wie war Colorado?, frage ich, um schnell das Thema zu wechseln. *Hast du dein Geld zusammenbekommen? Dreizehntausend*, sagt er stolz. *War verdammt anstrengend. Essen, arbeiten und schlafen, drei Monate nichts anderes.* Und im Anschluss sei er ein bisschen gereist, erzählt er weiter, er habe auch ein paar Tage in einer Art Kommune verbracht. Dort habe er einen alten Mann kennengelernt, der viel über die Sterne wusste. *Nicht dass ich das alles unterschreiben würde. Aber sein*

Wissen und seine Begeisterung haben mich beeindruckt.
Ich weiß, was du meinst, sage ich. *Es kommt immer darauf an, wann einem jemand begegnet.*
Irgendwann wolle er jedenfalls dorthin zurück, sagt er. *Früher oder später sehnen wir uns nach der Natur, das ist unser Instinkt.*
Und jetzt?
Erst mal noch ein bisschen weiter Fotokurse im Labor geben. Aus seinem Rucksack holt er ein kleines Päckchen. *Das Objektiv, das du haben wolltest.*
Als ich die Klebefolie aufziehe, spüre ich seinen fragenden Blick.
Ich habe lange nicht fotografiert, sage ich. *Jetzt habe ich tausend Ideen.*
Find ich gut, sagt er. Und kurz darauf: *Ich fliege wieder nach Colorado, diesen Herbst.*
Eine Weile ist es still zwischen uns. Ich winke dem blonden Mann, der auf der anderen Straßenseite vom Fahrrad steigt und die Haustür aufschließt. J. sieht mich flüchtig an.
Mein norwegischer Nachbar, sage ich. *Vor drei Jahren war er auf meiner Silvesterparty, weil die Tür offen stand, als er nach Hause kam. Er war gerade erst eingezogen. Seine damalige Mitbewohnerin ist heute seine Freundin. Vor ein paar Monaten haben sie ihr erstes Kind bekommen.*
Was ist mit dir?, fragt J.
Du meinst, ob ich Kinder haben möchte?
Er nickt. *Ich meine, kannst du, darfst du?*
Im ersten Jahr auf keinen Fall, das habe ich sogar unterschrieben.

Er lacht.
Im Ernst, sage ich, *ich finde, das ist eine gute Antwort. Ich mache bei so einer Studie mit deshalb. Und in den ersten fünf Jahren soll man warten,* fahre ich fort, *wegen der inneren Narbe.* Automatisch lege ich eine Hand auf die Stelle an meinem Bauch. *Und auch weil jetzt weniger Platz da vorne ist.*
Und? Hast du Angst?
Angst? Ja, dass ich nie mehr jemandem nah sein kann, sage ich. *Im Moment fühlt es sich jedenfalls noch danach an, als müsse ich meinen Körper schützen.*

Bis bald, sagt J., obwohl wir wissen, dass es ein Wiedersehen so schnell nicht geben wird. Wir konnten beide sehr selbstgenügsam sein. Früher verschwand er manchmal über Tage in seinem Fotolabor, ohne dass ich es als unfair empfunden habe. Der Raum, den jeder von uns brauchte, war kaum erklärbar und doch so gut zu verstehen.

Manchmal pulsiert es spürbar durch meine Adern. Dann ist es, als würde sich die Niere bemerkbar machen. Die Adern sind von den Handrücken bis zu den Unterarmen sichtbar. Es ist eine Mischung aus Faszination und Angst. Ich denke dann an meine Großmutter, bei der es ähnlich war. Sie war eine dünne Frau mit dunklem Teint, als käme sie aus einem fernen Land.

Meine neue Mitbewohnerin kommt aus München. Sie absolviert den letzten Teil ihres Praktischen Jah-

res an der Charité. Ein Zufall ist das sicher nicht. Vielleicht eine andere Form von Sicherheit, die ich in ein paar Monaten nicht mehr brauche. Ich mag ihre trockene Art. Als ich ihr erzähle, dass ich ein Mal alle sechs Wochen vor ihr werde aufstehen müssen, um ins Krankenhaus zu gehen, fragt sie nicht, warum. Fast bin ich enttäuscht. Tage später kommt sie darauf zurück.
Ich sage: *Wochen denke ich nicht daran, und dann plötzlich ist der Gedanke wieder da: Das Organ wird nicht ewig bleiben.*
Sie sagt: *Entweder es passiert oder es passiert nicht.*
So banal ist es, sie hat recht.

Im Copyshop mache ich Probedrucke der Fotos, die ich in der letzten Woche am Wasser aufgenommen habe. Ein neuer Mann steht hinter dem Tresen, als ich bezahlen will, ein kurzes Lächeln, mehr nicht. Und doch: Der Moment, in dem wir mehr sagen, kommt vielleicht.

Wenn man den Himmel umdreht, ist er ein Meer.

Der Regen ist gerade erst vorbei, eine angenehme Stille liegt über den Straßen, für einen Freitagabend ungewöhnlich. Licht fällt durch die oberen Fenster einer Turnhalle. Ich denke an quietschende Turnschuhsohlen auf rutschfestem Boden. Eine Gruppe von älteren Mädchen steht draußen. Sie rauchen Zigaretten. Das Atemholen nach der Anstrengung verfliegt im Ausstoßen des Rauchs nach oben. Der

Himmel leuchtet dunkelblau. Die einzige weiße Wolke erscheint wie ein großer Ballen, widernatürlich schwebend, als würde sie vertikal auf- und absteigen. Mit einem Mal ist alles wieder da: rote Gesichter, Herzklopfen, hallende Rufe beim Anfeuern. Nebel, der in Duschräumen festhängt, der Duft von frisch geduschter Haut. Dieses Aufgekratztsein am Abend. Eine der jungen Frauen steht im Zentrum der Gruppe wie eine Anführerin. Kurz kreuzen sich unsere Blicke, und ich spüre die Sehnsucht, eine von ihnen zu sein.

Treffen, ohne selbst getroffen zu werden, sagt Soraya, als ich die weiße Jacke über den Brustschutz ziehe. Der Anzug schützt meinen Körper. Trefferfläche ist ausschließlich der Rumpf. Darum geht es beim Fechten. *Du kannst die Kleidung leihen, solange du möchtest. Wenn du dabeibleibst, zeig ich dir, wo du günstig was bekommst.*
Während Soraya meinen Helm holt, fällt mein Blick im Spiegel auf die grünen Spinde hinter mir, ich muss an die Umkleide der Dialysepraxis denken, an meine Leute dort. Und dann bin ich wieder ganz entschieden hier und kann die Gespanntheit auf die neue Gruppe in meinem Gesicht sehen. Aus der Turnhalle dringen die Piep-Geräusche herüber, ausgelöst durch einen metallischen Kontakt zur Trefferbestätigung.
Steht dir gut, der weiße Anzug, sagt Soraya und reicht mir einen Helm.

19

Mein Weg wird zu einem Pfad, einem von denen, die dich denken lassen, du bist der einzige Mensch auf der Welt, weil dich nur noch Berge und Weite umgeben. In der Weite der Felder rechts von mir sehe ich Pferde. Als ich ihre Höhe erreiche, bleibe ich stehen. Sie bewegen sich nicht, ruhen sich aus, etwa hundert Meter entfernt, geschützt im Schatten einer kleinen Holzhütte. Ein brauner Hengst steht abseits der Herde, sein Fell glänzt in der Sonne. Eine ganze Weile bleibe ich bewegungslos wie sie. Wir starren uns an. Plötzlich, als gäbe es einen geheimen Pakt zwischen ihnen, laufen die Tiere auf mich zu. *Sie kommen*, flüstere ich. Wärme steigt von meinen Händen auf. Ich spüre eine Wachheit, die nicht aufzuhalten ist. Was wird passieren, wenn sie bei mir sind? Mit einem Mal verharren die Tiere, als überlegten sie, ob es wirklich eine gute Idee ist, näher zu kommen. Nur eines der Pferde setzt den Weg fort, und mit einem Mal rückt auch der Rest der Herde weiter vor, bis sie direkt auf der anderen Seite des Zaunes stehen. Erst jetzt bemerke ich, dass der Boden unter meinen Füßen etwas tiefer liegt als der der Weide. Als sie ihre Köpfe über den Zaun schieben, strecke ich vorsichtig meine Hand aus, um die Nüstern des Hengstes zu berühren. Er weicht zurück. Ich erinnere mich an die Worte meiner Mutter, als ich sie einmal bei ihren Pferden aufsuchte. Es sei natürlich, dass ein Pferd das tue, wenn ich die Hand hebe. Der Mensch wolle immer nach allem greifen, alles anfassen. Damals ärgerte ich mich über ihre Zurechtweisung. Als hätte ich nie zuvor ein Pferd berührt. Ganz langsam beuge ich mich nun nach vorn, den Kopf geneigt, ohne die Arme aus ihrer hängenden Position wegzubewegen. Bald spüre ich ein Schnuppern an meinem Haar. Es kribbelt an meinem Ohr, und ich schließe die Augen und denke: Selbstverständlich ist nichts.